当代彝族女性诗歌选

吉狄马加　主编
阿索拉毅　执行主编

四川民族出版社

图书在版编目（CIP）数据

当代彝族女性诗歌选 / 吉狄马加，阿索拉毅主编. —成都：四川民族出版社，2018.10

ISBN 978-7-5409-7975-1

Ⅰ. ①当… Ⅱ. ①吉… ②阿… Ⅲ. ①诗集–中国–当代 Ⅳ. ①I227

中国版本图书馆CIP数据核字（2018）第220130号

当代彝族女性诗歌选

Dangdai Yizu Nüxing Shigexuan

吉狄马加　主　编

阿索拉毅　执行主编

出 版 人　泽仁扎西

责任编辑　唐功敏

封面设计　李　娟

责任印制　谢孟豪

出版发行　四川民族出版社

地　　址　成都市青羊区敬业路108号

邮政编码　610091

成品尺寸　170mm × 240mm

印　　张　24.5

字　　数　380千

制　　作　四川胜翔数码印务设计有限公司

印　　刷　成都市金雅迪彩色印刷有限公司

版　　次　2018年10月第1版

印　　次　2018年10月第1次印刷

书　　号　ISBN 978-7-5409-7975-1

定　　价　100.00元

序　言

火红的土地

吉狄马加

彝族相对集中地居住在中国西南地区，这里主要是由红色土壤堆积的高原和山地。这红色的大地几乎成为一种民族象征，因为彝族被视为太阳与火的民族。

这红色大地是母性的。她厚重，宽容，热烈，灵动，神秘，充满生命力和创造力。从古至今，这大地生长谷物、河流、雄鹰、史诗和思想，还有美丽又聪慧的女子。

这里展示的文学作品，就是一些当代彝族女性从红土中淬炼出来的话语——小说、散文、诗歌，犹如先民用红土烧制的炊具和礼器，它们都与凡俗肉体和神圣灵魂的故事息息相关。

从以往至当今时代，彝族女子的美丽、勤劳和善良为世人津津乐道，而世人对彝族女性文学却知之甚少。事实上，早在1700多年前，被彝人尊称为“圣女”的阿买妮就用古老的彝文创作了大量的诗歌、诗体故事与诗歌理论作品，其传世著作之丰硕，大概魏晋南北朝同时代的汉语诗人也鲜有能够与其相比者。清末彝族女诗人安履贞著汉语诗集《园灵阁遗草》，因以该诗集极高的成就而获得“奇女”“才女”的美誉。显然，女性先辈的才情与智慧，被当代彝族女性传承并发扬光大了。

这里编辑的《当代彝族女性小说选》《当代彝族女性散文选》《当代彝族女性诗歌选》三部选本，在彝族文学史上具有里程碑的意义。它们首次集中展示了当代彝族女性作家的群像。100多位作家，老、中、青三代，才华横溢，个性鲜明，独具风采。有人巧于叙事，有人精于议论，有人善于抒情，更有人兼具多样才情。

阅读这些作品，无论小说、散文还是诗歌，不难发现的是，强烈的民族性是当代彝族女性作家的一个突出特点。这种民族性是文学的根与家。她们探入民族的记忆，在过去与现在的生命联系中寻找对生存的感受；她们走进特殊的文化背景，从纵深的时空呼唤古老的事物与事件，并与之对话。这种民族性如此自觉而鲜明，使作品充满了厚重的历史感和社会意识。她们在勇气与自信中为生存确立了位置，也在敬畏与宁静中将灵魂送归了祖源地。母亲的血脉，是一阵低泣、一阵喃语，或者是一阵波浪的潮响。于是，植根于红土的家园，植根于红土的历史和肌体，文字和文学，情感和思想，便有了归属。

还可以看见，立足于民族性的基础上，当代彝族女性作家对时代有着深切的观察与思考。这红色的土地，不是僵硬的，不是冷漠的，更不是被遗忘的，而是一片被时代翻耕、被潮流浇灌的土地，它生长着新的物种与故事。与20世纪中期的民族文学不同，这些当代女作家，表现出的不再仅仅是简单的颂歌式的咏叹或者寓言式的赞美，而是以充满责任感和使命感的心智，以强烈的人文关怀，面对复杂多变的大世界，探讨现代文明对红土地社会生活的深远影响，思考进退，检索得失，辨析美丑。尤其是阅读这些小说与散文，让人感到，在不失女性温婉细致的语境中，传递出了对现实社会的深层认识和对人性的严肃解读。

我们也不会忽视，当代彝族女性作家表现出了极大的开拓精神，甚至是冒险精神。因为她们没有固守闺阁，也没有畏惧世界的宽广与庞大。她们的脚底沾着永不褪色的红土，心中携带着红土地赋予的力量，让身体和精神走得更远。她们拥有强烈的自我意识，对内心世界的深刻探索，让她们的作品获得了人性的魅力；她们拥有卓越的想象力，对语言的灵动把握和运用，总是能给凡俗的事物赋予诗意的象征；她们拥有对文学世界的好奇心，对不同体裁和题材的大胆涉猎与拓展，为作品注入了新鲜的血液，也使传统彝族文学的性格与面貌发生了美妙的改变。更可贵的是，一些置身于现代世界文明前沿的女作家，已经把观察的视线、思维的触觉、讲述的空间，扩展到人类文化与生存的大背景。

有趣的是，阅读这些作品，就仿佛走进了一座女性主题的话语园林，为我们带来层出不穷的享受和惊喜。多数时候，女诗人总是以细腻敏感的词语抒写着对家乡、亲人和爱情的眷恋；女小说家对社会生活、时代变迁和人的命运有着更多的关注；女散文家的笔下则充满了对传统文化、精神世界、人与自然的探索。这一切表达，又因为红土地历史与文化的渗透传承，因为独特民族情感和民族意识的滋养守护，因为别具一格的语言习惯、思维方式、叙述结构，使人们觉得那些故事、景物、情感的样貌既熟悉又陌生，显得与众不同，从而成为一种个性迥异的文学，一种彝族文学。

在编辑这套选本的过程中，我不断因这些作品而感动，而欣慰，而惊喜，而由衷赞叹，我常常不由自主地停止下来，跟随作品中的人物、故事以及情绪，陷入遐想或沉思。我无法一一描述它们，因为它们各具精彩；我也不应该一一描述它们，因为这会剥夺读者的第一享受的权力。

我要说的是，当代彝族女性作家，以她们由红土地孕育的真诚、执着和才华，为我们奉献了文学的智慧与爱。她们就是那火红的土地——厚重，宽容，热烈，灵动，神秘，充满生命力和创造力。

目 录

第一辑 瓦岗的月亮

第二辑　生活的命门

第三辑　风里的背影

第四辑　傍晚的歌谣

第五辑　五月的山乡

第一辑 瓦岗的月亮

作者简介

巴莫曲布嫫（1964- ），出生于四川省越西县，现居北京市。

彝 女（组诗）

有一阵低泣一阵喃语一阵长吁的波浪
潮响 母性素馨的血脉
在婴儿透明的肌肤下
有一种声音

——题记

彝 女

柔嫩的水菱在透明的晨光中
浮出水面 梦如
六月的汁液 在你的血管里歌唱
你柔曼的情像紫云英的呼吸
和山坡上遍野向阳的无名花芽蕾

清晨　从你那背桶的沿边
一滴一滴　吐露般地流出来了

白水河的盈流丰腴成你柔美的身段
螺髻山的春藤盘结成你乌云般的发辫
五色湖的多情凝聚成你白鹿般的明眸
索玛花的须蕊弯卷成你那如梦的长睫
猎手那强健的肌臂才拥出了
你这如水的柔情
你的心还像三月的晨风一样纯洁

月亮河里坠落的星星缀满你的衣领
太阳湖心浮出的莲花垂在你的耳际
龙眼泉中倒映的彩云折叠成你的长裙
柳花溪上漾动的波环闪熠于你的手腕
你和猎人那刚出生的儿子又牵动了你的温柔
你的心变得像金沙水一样宽阔

你高耸的胸房歌唱着生命的琼浆
让猎人颀长的双腿迈开了出猎的劲步
你深信　你那猎人的儿子也会有黑骏的英俊
他长大也会骑马进山寻猎做鹰的后子
当你把那流绿的生命的黎明
衔接上了阿妈那衰年的淡褐色暮霭
你就把自己献祭般地给了大山
给了真正的彝人

山的女人

山的女人哪，把你那桑树般的双手
那印满土地裂纹的肌肤
放在夜的额头
那博达松摇曳着　在夜风中轻轻地
若有若无　只听得见你这乳母的催眠曲
静静地摇着大山入睡　梦见
彝人暗红色的血　在流动　梦见
大凉山的脉搏　在阳光下劲舞

此时，古老的诗句是沉沉黑夜的呼吸
是颂唱祭司庄严而静穆的吟读
在山之幽谷般的记忆深处
是支格阿鲁射下的太阳
作为诗韵　押在每一个熟睡婴儿的鼻翼
吮吸彝人六祖[①]的鼻息
复述他们史诗般迁徙的程迹
山的女人哪　衔着你乳头的孩子
长大也山一般　像博达松　挺立

---

① 六祖：指彝族古代武、乍、糯、恒、布、默六个氏族，他们都是彝族始祖阿普笃慕（仲牟由）的后裔。

月亮的女儿

你是从月牙儿弯弯上走来的
从月牙儿弯弯上的
锅庄旁和火塘边走来的
月儿圆时　妈妈生下你　于是
你便有了一个月亮
一样纯洁的名字
一样姣好的名字

你是从月牙儿弯弯上走来的
从月牙儿弯弯上的
水碾旁和瓦板房走出的少女
拖一条月光折叠的百褶裙
垂一对月色熔铸的银耳环
怀抱一把月亮的琴
一个圆满的思想
一个圆满的悲乐
一个圆满的心愿
白额绵羊给你带路
顺着　昔时
妈妈走过的石杵般的
一节一节的路
你走入这月儿圆圆的
立体的城市

你是从月牙儿弯弯上走来的
你那被月华洗白的纤指
拨动着一根火一般跳动的弦
一串火一样颜色的日子
弹出一曲含着泥土香的
含着紫云英香的
浑圆的歌
弹出一个又一个
月儿圆圆的八月十五
一个又一个
八月十五的圆圆月儿

喊山的彝女

这山　这林
在这山洼洼里
在这树林林中
在这广袤的山林空间
不知是哪一天
在阳光斑驳绿色的时分
一个没有父亲的彝人孩子降生
你喊出了　第一声
悠长悠长
遥远遥远
成为山调

几千年　几万年
这喊声　依然　回荡
几千年　几万年
从蒲列伊嫫[1]到阿诗玛

每当林中盛满箭似的金光
你就对着藏在树荫顶上的太阳
缓缓吸入鸽阵飞过后的流音
在婴儿躁动不安的啼哭声中　你喊出
喊出　汉子抗着寒霜迈开猎步潜入老林
喊出　妇人顶着烈日踏上山路寻采柴药
喊出　老人嚼着烟草回忆往昔踟蹰屋前
几千年　几万年
这喊声　依然　回荡
几千年　几万年
没有一丝音变

一个晓雾渐散的清晨
你出了林子出了山

几日后山顶上　响起了你的山调
你轻轻吐出一个短小的滑音
随即扬起了穿透
整个山林空间的长调
在孩子晃动奔跑的足音中　你喊醒

① 蒲列伊嫫：彝族史诗中射日英雄支格阿鲁的母亲。

喊醒　星星依着白云浮动彩霞布满天穹
喊醒　滴泉傍着山石拨响音溪摇动水草
喊醒　布谷驮着晨风鸣叫晓曦飞旋大气
几千遍　几万遍
这喊声　绵延不绝
几千遍　几万遍

一个晓雾渐散的清晨
你喊醒了沉睡的彝山

沙拉洛日子[①]

山　层层叠叠
皱了您的颡额
环绕在山坡上的云絮
在您的手与眼之间
旋转　旋出
细纱一缕缕　如水线
抚平您眉间的叹息

十七岁的女儿
换上了长裙　戴上了银耳坠

① 沙拉洛日子：彝族女孩的成年仪式。届时，少女换下短裙，穿上长裙；摘下耳线，戴上耳坠，以示进入成年期。

从她光洁不留刘海的前额
您想起了自己的沙拉洛日子
顿时　山远了
在您皱纹的年轮里
舒展出一片绿原
为了这一瞬间的美丽
您滞重的眼睛
凝驻在女儿花蕾般纯洁的额际
找寻昔时那美好的索玛树

女人的森林

——写给大凉山猎人的妻子

山　是青铜色的
阳光　撒在森林间
撒在她们身上
透射她们与森林
成为女性

她们在林子里
收割与编织藤蔓
收割与编织带着
野性的柔情
布谷鸟放飞的鸣叫

成为海子的传说
蒲列伊嫫的神话

森林与女人一样
蕴藏　带着猎人气息的草烟味
和松柏枝酿出的
杆杆酒

女人与森林一样
盛满　泛着婴儿奶味的催眠曲
和柳树叶滴下的
乳汁

女人的森林
生长
一大群无名鸟

生长
一代代鹰一般的山之子
一朵朵水一般的林之女
成为海子上　一圈圈的年轮
荡着猎人沉重的叹息
在山风热烈的幻想中
上升为星星

女人的森林
生长　山风

生长　林涛
生长　横扫整个男性的飞瀑

森林　不只属于猎人
也属于猎人的女人
女人的森林

冬格朵洛嗬[1]

朵洛嗬
冬格朵洛嗬
我又踩着了青青草上的月光和夜露
我又想起了那些
在寨口绿荫下　亭亭玉立的彝女
和在三脚锅庄旁做针线的村妇

我看到了日落霞蒸的山冈上
当年的阿诗玛静立在树下　远眺
我看到了女匠人在牛皮碗上彩绘的双手
和蕨茇叶与火镰的四方连续纹饰
还有老阿妈葬仪上的牺牲
雪白的羊　伴着她向右睡[2]去的黛色年华

① 冬格朵洛嗬：火把歌调的一种，通常由彝族女子边唱边移动舞步，节奏柔曼。

② 右睡：彝族丧葬习俗，死者男向左卧，女向右卧。

我听到了小阿依嘤嘤的啼哭
与吉克尔哈嫫[①]的歌声响成一片
我听到了毕摩[②]诵祭诗的声音
和彝女的口弦铮铮
以及送灵时女歌手低沉的引唱
和女婴在阳光下晃动的足音

朵洛嗬
冬格朵洛嗬
我的脑海里想起了无声的节奏
为当年深锁于木靴的纤脚
也为今天手拉长巾在青青草上
踏露和歌的彝女

织　妇

在没有路的山里
你织成了路　从此
猎人　披着察尔瓦
在荞子渗出苦味的时分
以厚实的足
踏出又一条出猎的山道

---

① 吉克尔哈嫫：女歌手名。

② 毕摩：彝族祭司。

在红嘴鸟飞过山原时
以风吹燕麦的波动
织成的线的远处
潜行着一个你守望的人
孩子的父亲　荷桑木的弓
细察　野物出没的踪迹
箭袋上你绣的星星　已上升
照彻广袤的原始森林
为沉沉夜色中的猎手导向
跳闪亮光的极致

在露珠儿从蕨芨草叶面上滑落时
松明子摇曳你的织影
透过孤独的疲劳与苦楚的织网
在羊毛线碎裂的拧纹里　认出
自己曾饱含芬芳的颊额
你闭眼晃了晃低垂的头
在雉鸡长尾羽的拂动下
仿佛　晃掉了你所有的一切
在织板碰击中留下的日子

在没有路的山里
你织出了路

四季：无词歌

这是洛乌沟的秋天，迟到的秋天
没有窗的瓦板屋
一张梦呓的小脸，仿佛一只鸟
在这里，贫瘠山地那摇篮的断层
在黑水河还有黑水河流经的地方
她甜甜而痛楚的呢喃
在收获微薄的季节那落叶的飘零中
脉动，是一支无词的歌

这是洛乌沟的冬天，寒冷的冬天
没有草的山间道上
一张向往学校的小脸，仿佛一只鸟
多少次，羊奶子果潮润荷包的芬芳
在螺髻山还有螺髻山伸延的支脉
她清脆而苦涩的诵读
在父亲嗜酒如泥的伤口上愈合成习的
创痛，是一支无词的歌

这是洛乌沟的春天，疾过的春天
没有阳光的石磨旁
一张困倦的小脸，仿佛一只鸟
在这里，一阵渴望的风信子的波浪
在西洛水及西洛水的河谷

她圆长而干滞的鹅石笔
在哥哥辍学进山牧羊那犹疑的光脚下
踩碎，是一支无词的歌

这是洛乌沟的夏天，沉闷的夏天
没有风的草甸上
一张哭累了的小脸，仿佛一只鸟
（不仅仅只有一只鸟
还有一群鸟）

作者简介

禄琴（1965- ），出生于贵州省威宁县，现居贵州省贵阳市。

低　语（外8首）

一

只一低头，那朵石缝里的花就开了
若惊鸿划过天宇
巫师的咒语，在一片空白中显灵
盒子打开。迷香四散

她对自己说，这只是远去的旧梦
月光失陷于一段乐曲中，上不了岸

二

她为什么要流泪？该置身事外
照见或预言，在梦之外徘徊
夜静寂。舒缓的乐音如藤蔓
爬上了那支口弦的唇边
与谁对话，才能完成一次征服

她宁愿在那一刻，成为美丽的哑女
不用说出心中埋藏已久的秘密
在所有的真相未揭开之前
你可以从战事的后方翻山逃走

三

那女子的额头有梅花的印痕
梦里并未听到刀剑声。剑光划过，纯白一片
遥远而又迅速
前世与今生，重复上演着一幕幕悲喜剧
而这只是一个镜头很小的片段
掌纹与经卷，为谁引领。生命
在花开时结束，在花落时开始
最终，她还是泪流满面地俯下身来
害怕看见那朵花在弦律的弯曲处
再次凋零。祷辞如水

半面岩画

一

那面青铜镜
隐于木楼的窗棂处
浅浅尘埃，涂抹新伤旧痕
时间被忧郁的眼神
调拨，散发古旧的气息

风吹不走的画面
凸现她的半个侧影
轻醉为谁，只给你半面的妆容
让你独自分辩　爱的深浅

二

胭脂花在木匣中，旧了容颜
她转身，取一朵点于眉心
聚拢的红，如血散射于心
她在孤独中享受病痛
一缕青草，荣枯盛衰淡了容颜
那只握旧的杯盏，隐隐作痛
再难还清真实面目

三

再也回不去从前
她数着铜镜上的刻痕
想起月夜下的火舞，一次次的深陷
若没有了你，她的妆容是否
会从右向左延伸
所有的臆想都成为你
永远抵达不了的岸

丛　林

一

无语。她总会在茫然无措时，保持沉默
那些丛林中的歧路，四分五裂
像一节节散乱的梦，不由分说
任意布局，恣意横斜。此刻
进或退，都变得毫无意义

环顾。丛林深处，雾气弥漫
让她再一次深陷于内心的幽暗
她喜欢的那片红树林
还有松鼠和野兔，都成了模糊的代名词
这样一想，身边的树就流出泪来

二

顺着叶脉的走向，她能听到
遥远处，那条河流依旧在流淌
还能听到那个守着一缸月亮的女人
嘴里哼着的歌谣

路有多长多远？该从哪里开始
方向感缺乏，任何占卜都抉择不了
南北。约定好出发的地点
可最终还是走不出自己

三

注定的际遇如一阵风，流浪到何处
均会有个转身的姿势。无论如何大喊
只有那些隐匿的风拂过。红柳，月亮，蝴蝶
穿过手指，停在风中

茶　味

一

关于色彩，所有幻想静止于一叶水草的绿
香味飘过来，一滴清露在红尘中绽开

青涩日子被反复咀嚼，生长出片片嫩叶
唇与夜融合，随时光一同逝去的经典音乐
属于液态唱词，从手中一段段削减

二

谁在婉转的箫音中驻足，听清晨鸟语彻悟
双眸的对视，澄明于心，心静如水

如一叶深谙世事的香茗，在心
开满剔透的花朵。最具魅力的字眼
无须雕琢，只需在目光中便寻见清澈

三

曾经无数次，让那叶静止在岁月中的物象
引领着蹚过心之河床，歌声布满雨季
让四周显得宁静与清凉

而我们需要那个精灵轻柔的抚慰
最炙热的阳光下，有遮蔽的树荫
不可言说，以一叶之低，潜到最低处
能漂过心的深，却漂不过浮世的浅

指　纹

一

那一指魔语的暗示，标识着生命的刻痕
深与浅，全凭一念间抉择
掌中燃烧着火焰，有记录完整的故事
陷入，一次轻柔的碰触，成就了一次
一意孤行的冒险。这是深秋
天高云淡，背景辽阔。你握住时光
在一瞬间亮出。还有梦，还有激情为你铺展
你伸出手指，在掌中点画

二

不用烛台，不用萤火，心亮自然明
纹路在眼前，清晰。面对季节的静
是否也能静下来，让那抹浅红在隐语中明示
那些标记明显的线路
并未出现在十字路口。而你总是执迷不悟
坚信歌声能穿透季节
穿透夕阳西下时的那一片红霞

三

鹰语从指间掠过，衔传说点染饱满的情节
为掌控一段动人的章节而歌唱
梅在窗外着色，勾勒彼岸抵达的纹线
年轮中有霜的冷滴下，无法说出
如果你刚好经过此地，请你伸出手指
对接早已潜伏的暗语

虚　构

一

你点燃一支烟，从恍惚中抬起头来
燃烧时，听到了风声被撕裂
沉稳装饰着一半火焰与熄灭
爱与恨合二为一，张开最后的翅膀
飞蛾与灰蝶，彼此拥抱着在火中舞蹈

二

你躺在床上，闭着眼，什么也不想
省略掉漫长的叙事过程
轻轻漫过那一片深不可测的水域
脸上的表情，轻覆一层薄如灰烬的轻

三

一片一片飞起来，一扇一扇的窗紧闭着
空空的纵深地带，雾迅速围上来
抽去重负与疲惫，喧嚣与繁华
你微笑，看窗外茅草疯长
随烟雾缓缓上升

经　历

一

当预兆呈现，她还一无所知
整个夏天被一些符号包围着
投入与痴迷。让她误认为自己能掌控修辞
那带着青草气息的身影，走近又远离
远离的场景，那么熟悉那么悲伤
雨水在冷语中，静静掉落

二

其实这样的静，让她吃惊，夏的喧嚣
丝毫没有影响她的情绪
仿佛她天生就该是个安静的女子
静守着诺言，一声不响
她从不提旧事，也不愿想起。那举灯盏的手
从眼前划过，只需闭上眼，就能关在门外
她伫立在窗前看花开花落
转身的姿势跟花朵凋零一样，那么轻

三

她在树下，听竹篁声自远方飘来
诗句掉落在草地上，像无辜的美人
睁着迷惑不解的双眼
她像个迷路人，找不到影子，回不了家
解梦人手拿纸牌，一手明亮，一手黯然

地　址

一

最后一次听到关于旧屋的地址时
感觉像幽灵飘浮在梦里
对她呓语。她拿着退回的邮件
望着落雪的天空，忧郁

关于那个冬天的故事
她再也想不起是怎样
被自己的长发遮住的
歌声在途中受伤。笑容
在十二月的庭院，被愁绪深锁

二
那第一朵飘下的雪
在她手上张开翅膀，脉络清晰
玲珑剔透，在眼前欲言又止
最后，她只能相信
是雪花冰冻了关于旧屋的地址

她不愿用废弃两个字
来定义曾经的记忆
指尖穿过的烟雾，它们缭绕着
纠缠在旧梦里

三
遥远处，那支长笛吹痛了谁的心
这是今夜的最后一支烟
火光在夜里半明半暗

她徘徊在没有地址的旧屋前
屋里飘出歌声，像一把暗箭
其实没有真相
其实也没有什么地址

桃花·古渡

一

在旧书籍里，听风声穿过
以古渡的名义，与一场久别的盛开相逢
细节，在瞬间完成。文字与花香
在疏密相间的枝头盘绕

一行诗句进入内心，芳华在你唇边
香气袭人。之后，许多段落，被传唱
弥漫出久违的沉香，醉卧花丛

二

从不问方向，或许那媚惑眼神，只为考验
远古定力有多深。叩开桃园门扉，泊于场景中
你可以绕道而行，但千万别误了花期

花事需要在灿烂中诉说，说尽千古惆怅
选择捷径，与你布下的棋局相遇

三

在一阕旧词中守望。纸笺滴下红尘之泪
印痕。让一朵桃花开出弦外之音

春天盛开着温馨这个词汇，暴露许多细节
关于桃花或渡口，在你念诵的诗篇中
时间与存在
古典爱情与话题正被一路演绎下去

作者简介

吉慧明（1945- ），出生于四川省会理县，现居四川省成都市。

凉山拾零（组诗+外3首）

风 筝

天上的清风
把沉醉于梦幻里的
美妙的白云掀动
你匆匆来去
飘逸飞驰
将梦的碎片结集成珠玑
用一条活泼欢欣的尾巴
在明朗的晴空
写一首春的绿色的小诗

牧　归

带几分醉意的夕阳
跌入天外飞来的流云
蓦地，漫山浮游起
银子般闪亮的希冀

红的花朵，金的秋天
涂抹着贫穷的影子
活蹦欢跳的羊群
衬托着彝家日子的富足

花的芬芳
草的绿茵
连同一天的劳累和喜悦
萦绕牧羊人缤纷的梦境……

绿　叶

紫燕斜飞
剪出了
春天秀丽的蛾眉

你甜甜地笑了
从绿色的梦里苏醒
执着地扶起红的、黄的骨朵儿
举起一个缤纷的春

月　琴

皎洁的月亮
凝神的群山
久久亲吻
那清泉欢跳的音符
给一对挚诚的恋人
奏响一曲爱的谐音
呵，多美
彝家怀抱银月一轮

口　弦

甜，弦叶上的露
绿，心池里的梦
美，密林中的小路
醉，秀脸红彤彤

呵，你紧紧系着
情侣们神秘的憧憬

蝴　蝶

忽儿上下
忽儿西东
扬起彩色的翅膀
娉娉袅袅地起舞

去了，爱的蝴蝶
撒一路含情的丝缕
呵，似梦非梦
我把你的倩影追捕

凉山风情（组诗）

采山珍

忽暗忽明、时现时隐
赤橙黄绿青蓝紫

密林中的羊肠小路
路上飘飞着一朵彩云
一个彝族姑娘喜采山珍
香菇，山菌，松子
和孔雀失落的羽翎
装满了背篓，兜满了衣裙
怀里抱着一只蹦跳的兔子
连同一个湿漉漉的早晨
呀，大山醒了
揉着清丽的眸子

擦棒球窗的姑娘

日升，月落
有一位营业员——
一个彝家姑娘
擦着商店的橱窗
她用少女甜蜜的憧憬
连同那缤纷的理想
擦净了窗内的玩具、电视、服装
擦绿了彝族人民的希望……

月落，日升
有一位彝家姑娘——
一位营业员

擦着商店的橱窗

擦着一个民族崭新的形象

圆　镜

彝家男女老少
怀里都揣着
一面小小的圆镜
一个甜甜的梦镜
一个缤纷的青春
一个金色的希冀……
神秘的火把节
姑娘小伙对着圆镜
哟，看自己
绯红的脸
春池般的眼睛
丰收后闲暇的日子
老人欣喜地摸出圆镜
照银色的双鬓
呵，希望熟透了
甜酥酥的心田里萌动新的耕耘

作者简介

王娟（1968- ），出生于云南省马关县，现居云南省马关县。

不醉不休，直到黎明（外9首）

昨晚，我捏着两个小时
一不小心就挤进了失眠的队伍
被我栽种成行的那些文字
正在一个接一个地争相醒来
是春风的提醒，还是夏雨的催促
我到底该向谁，表示谢意

都快五十的人了
我还没有真正地醉过一次
别人知道自己的酒量，窄
我却不知道自己的酒量，有多宽
要么，我把我的诗歌全部喊醒
跟着我，列队前行

去一个远离喧嚣的山头
把诗们编成篱笆，围成一圈

如果小说中的男主角，适时出现
别犹豫，端起盛满烈酒的土碗
用我们自己的故事，下酒
不醉不休，直到黎明

狂　草

就着拂面的春风，我们
一路狂草，一路吟唱
已经走过了不同的季节
那些烙在四季原野上的印迹
就是我们干净利落的作品
宽幅卷轴几何，小手卷多少
不用细数，也不必估算

受连绵笔画的牵拉
我们的神经都已经绷紧
天地万物，逐渐淡出
只见字体，越来越明晰、高大
在实施赴速即就的战术时
那些永远不会消失的文字符号
悄悄地在我们心底，重新诞生

不分时间，不受季节影响
浓眉一展，你写得纵情

柳眉一弯，我唱得奔逸
一个个文字符号的魂魄
就这样环绕在你笔势的回钩上
回钩，是的！或者叫作迷钩
对！停一停，已是永生难忘

化　石

穿越成千上万年的时空
你以一枚叶子化石的形式
静静地躺在我的眼前
嗯！我终于相信了
沉积千年万年又何妨
有缘，无须到处翻找
在合适的时间地点，总会相遇

捧起你，我百读不厌
从你古老的容颜里
我翻阅了你大量的生命档案
那个记录亘古诺言的页码
原来正是我们相遇的年号
谁说岁月的飞屑会覆盖一切
谁说你我之间隔着不可超越的时空

黑　陶

我读你了，黑陶
没有走法定的程序
没有拐任何一道弯
也没看此地无银三百两的告示
一如在山野里踢掉了鸡纵的“帽子”
发掘原来可以如此轻而易举

任土埋水浸，任时间穿越
不知承托了多少天光和地火
也不知擦拭了多少尘土和汗水
在悠悠的岁月里
积淀、积淀
才形成了你周身如此幽光沉静的包浆

你是黑陶
永远变不成紫铜作坯的景泰蓝
也不应该用金线或铜丝
遮盖属于你自己的土坯
我倒是常常在想，黑陶读久了
我会不会将身心简化成一粒泥丸

蛙　泳

昨夜，我听见水声
由远而近地与我的耳膜
击掌问好
虽然不是叮叮咚咚的流泉
却能听出水的清凉和透明

你从摩崖壁画中走来
摆着一只小船
哼着一支古老的歌谣
就着水面细碎而闪烁的月光
划啊划，朝着黎明的方向

你划我听，你哼我悟
时间一分一秒地流逝的同时
水声越来越圆熟和饱满
我的欲望突然就赤裸着身躯
跃进你小船左右的水面，蛙泳

找一个靠近灵魂的位子坐下来

苍天在上
我没有说谎

盐碱地上到处是五颜六色的鲜花
还有一条清澈的小河
在鲜花的胴体上欢快地流淌
虔诚地亲吻大地的
除了我
当然还有牧场上的牛和羊

那间带游廊的小木屋
就在我瞳孔的中央
进进出出的草原气息
以及远处那大大小小的毡帐
让我的呼吸也略带奶香
哟！怎么可以这样
我必须找一个靠近灵魂的位子坐下来
从此，只与你对望

亮　色

滇东南，我的马关
五月末的杨梅林，喷着果香
当我的味蕾触碰到杨梅的肉刺时
酸中夹甜，甜里含酸的滋味
只可意会，不可言传

咂咂嘴，眯起眼睛
傻傻地站在杨梅树下，良久
面对这份大自然的馈赠
我为什么不照单全收呢
对！就该这样含着、慢品

一只燕子叽叽喳喳地唱着
轻快地飞过我头顶的上空
它鸟瞰到我滚烫的心浆了吗
它听见我幸福的软语了吗
它是要邀请我与它一起飞翔吗

不！不是！它只是在提醒我
黑眼睛与黑脸蛋之间
一定要有那么一点亮色
就像我的生活里，不能没有诗歌
我的诗歌里，不能少了爱情

眼神是毒，蜜语有瘾

风走雨过之后
满地的落花，无言
是的，请别动我
我只想这样躺着，仰望天空
不说曾经坐在枝头泛红的时光

不说孤独、失落和后怕
心跳，本该顺应季节的节拍
化泥护根，才是归宿

心语如丝，目光如剑
我分开枝头浓密的叶片
找寻你挂在树梢的眼神和蜜语
眼神是毒，难以拔除
蜜语有瘾，难以戒掉
给我扯一朵柔软洁白的云吧
不是用来擦拭你逐鹿的足迹
而是将它盖在我的身上，当作被

采　风

夏天嘛，枝该繁叶该茂
山冈与思想一起，该泛绿
连稻田里还没有分株栽插的秧苗
都有自己的出行计划
何况是长着翅膀的我们

走吧，我们去采风
我们不借助任何交通工具
我们不带上任何通信设备

我们不带走手电和蜡烛
揣着心，即可上路

我听你的
要么我们徒步翻过山峰
要么我们振翅飞越江河
有你拉着我的手
采风，才是采风

圆，我也圆过

天没有黑尽，时间还早
我仰着头，伏在窗台前
从窗前飘过的一朵薄云
注定承载不了我此时想说的话
那就等月亮出来看见我时
让中秋的月亮，替我说

面向东方，回想起他的眼神
以及他特有的用词习惯
我脸上的笑容，便次第漾开
此时，有稻香和荞香从远处飘来
一朵黑苦荞花，自言自语
圆，我也圆过

作者简介

段海珍（1974- ），出生于云南省姚安县，现居云南省姚安县。

哀牢之王（外1首）

一

有谁是我曾经尊贵的王
把我留在昨夜的村庄
来自苍茫而复始于苍茫的花香
打开玫瑰盛开的天堂
我在绯红的诗篇中，迷醉
是神还是诗人
掠走了千年的等待与芳华

松脂的清香弥漫了隔街的小楼
我想出去看看水，我想出去看看山
我想出去看看哀牢山的雾霭与星光
我不知道，哀牢山中有没有住着迷人的女妖
我不知道，黑松林里有没有藏着猎人的弓箭

我是一个受伤的孩子
一次一次在梦的森林里迷失自己
我是一个迷路的孩子
一次一次在河岸寻找悬崖上的小屋
我在飓风中像针刺一样地疼你
我在月光里像花开一样地想你
我在黑暗中寻找太阳滴落的鲜血

二

有谁是我曾经尊贵的王
把我留在昨夜的村庄
来自纯洁而复始于纯洁的爱情
漂泊成大山的云朵
我在开满鲜花的情歌中，迷醉
是神还是诗人
劫走了蝴蝶的生殖与豹子的交配

雨雾打湿了路边的石头
我想去山巅看看云
山间流淌的清泉是你留在唇边的诗篇
鲜花灿烂了山野
我想去林中听听雨
林中吹过的清风是你拂过我黑发的手

我是一个痴情的女人
我是一个死去千百次不醒的女人
我的睡姿一直向着右方

我要留着左手到天神那里去
为你纺麻织布做衣裳
我是一个活着千百次做梦的女人
我在梦里一直向着你的远方
我要留着清醒来陪你走完婚礼的殿堂

三

有谁是我曾经尊贵的王
把我留在昨夜的村庄
来自轮回而复始于轮回的命运
把我捆扎成今生的追逐与流放
我在爱神的美酒中迷醉
是神还是诗人
让豹子和蝴蝶在枯枝上栖息歌唱

火光闪动流汗的脸庞
我想去水边听听风，我想去树下看看月
河水流淌的声音是烈马奔腾的旷野
树影婆娑的月色是隐藏心底流泻的光
岁月在星光中睡去
我苍老的容颜已经长大成人

我是一个浪漫的女人
我是一个痴情的女人
我是一个被鲜花滋养的女人
我是一个被大山宠坏了的女人
我守望着伏羲捧过的太阳

我守望着开满鲜花的月亮
我用思想收割大地的庄稼
我让心事在情人的笑颜里芬芳，凋落

我是一个被大山抛弃了的女人
我是一个被大山惦记着的女人
我在桃花灿烂中等待着王者的归来
我在白雪飘扬里守候着黑暗的温暖
我用等待浇灌秋天的旧梦
我在大山的怀抱里寂灭，新生

四

有谁是我曾经尊贵的王
把我留在昨夜的村庄
来自美丽而复始于美丽的爱情
使我留恋于今天的山野
狐狸在山那边撒欢，豹子在水那边嬉戏
是神还是诗人
在山中产下一个无名的孩子

我用鲜花和荆棘编织鲜血流过的夜
我用歌声和泪水温暖一段逝去的情
百年孤独只是一段岁月
悬崖下的风景是别样深渊
我还在情人的笑颜里迷醉
那些生与死的轮回正在陷阱里生长
劈开荆棘与黑暗，你依然是我今夜的王

昙华引（组诗）

一

红花落，白花凋。杜宇飞来，声声泣
起空花，佛性传，三千年花开
圣人至。转轮法王佛出世，度众生
昙华山里，离歌声声，空山寂寂

二

一个女子在时光里，哀哀地唱
传说，让传说在世间里，苍老
深山密林里，藏着爱情的毒
优昙华，在月之都，永不开放
优昙华，在月之都，远离世间的污浊
传说中传说，优昙华，只有遇见
世间的污浊，才会姹紫嫣红，毒烈
开放。传说，土司亵渎了咪依噜
的美。亵渎，是世间不可饶恕的罪
从此，昙华山的马缨花开成了咪依噜
旷世奇美的美

三

明末清初，动荡尴尬的年代
一位高姓土司，追随永历皇帝

去了腾冲。空心饵块只做了朱皇帝
的大救驾，却没有喂饱饥饿的小朝廷
一个王朝的气场，在逃逸，奔波中
散尽，消失

不识时务的土司啊，上下两难的土司
身在大清国，心里却装着朱皇帝
身不由己的土司啊，左右为难的土司
心里装着千千结，心里装着不得已
家，是国的家，是自己的家。回家的路
很难。泪眼蒙胧的土司啊，寸步难行的土司
此土司不是传说中的彼土司
土司只得遁入鸡足山，出家大觉寺
明月星光，残经夜月。古佛青灯夜夜心
木鱼声声，穿透时光的彼岸

梦中，人未醒，心已归，见佛前有花，名优昙华
一千年出芽，一千年生苞，一千年开花
弹指即谢，半生眷恋，刹那芳华
顿悟的土司，剃度的僧侣，手持袈裟，转入昙华寺
高土司度不了明王朝，只度了一座山
此昙华若非彼昙华，何谓昙华？人生如是观

四

咪依噜的毒酒，是对世间真善美的赎罪
白马缨花盛开，如雪。宛如世间，昙华犹现
罪恶之花绽放的土地，矗立起一尊

美人的雕像。死，是一种高度。爱，是一座
丰碑。没有人会为自己不爱的人，去死
咪依噜爱着她的村庄
咪依噜爱着她的牛羊
咪依噜爱着她的树林
咪依噜爱着她的爱情

我们爱着纯洁
我们爱着善良
我们爱着美丽
我们爱着咪依噜
咪依噜是昙华山的仙
昙华山有咪依噜的魂

五

一万朵红马缨盛开，染红了山坡
一万只鬼蝴蝶纷飞，惹乱了传说

以为自己就是一只蝴蝶，忘记了昨天
以为自己就是一朵马缨，灿烂了爱情

在昙华，清风凉，山野寂寂
心事，落入红尘。尘缘，未了，也未尽
人生的悲苦，刻在石壁上
爬望乡台，过鬼门关，不得已，喝了孟婆的汤
今生蓄了长发，忘记了前世的伤

半生迷茫，半生眷恋，只叹不能
长相守。无法逃避现实的羁绊，是人生
不能赦免的罪。世人都用传说，铭记爱的痕迹
所以，我们爱着咪依噜
所以，我们爱着马缨花
所以，世人爱着藏在马缨花里的爱

六

如果曾经爱过，就把爱情藏在
春光里，与盛开的马缨花一起，去到
时光的彼岸，去到昙华，去到
昨天，把宿醉的咪依噜，唤醒

可是，昙华山有林，林中有墅
可是，昙华山有崖，崖上有诗

灵魂，抵达诗歌，却在梦中看到你
再次回到，三百年前的那个黄昏
遥望，归鸦栖息的寒木庭院，还有阶前红叶
孤单的人，再重新疼一次，寂寞的你
卓尔独立，湛寂孤坚，青梅煮酒，清风里
读半卷残经，赊来明末清初的
月光，照亮昙华的夜

今夜的月光，很美
只想，青衣素袜，遁入空门
为来世，再上昙华，醉一回

今夜的月光，很亮
我还想，到高雪君的山里做一个
奔月的仙，化解世人劳逸不周的病患

就这样。真的，就这样，做一个奔月结璘，回到
时间的彼岸。彼岸是花，彼岸是水，彼岸，便是昙华

作者简介

李小麦（1977- ），原名李云华，出生于云南省建水县，现居云南省建水县。

我是那东晋的女子（外6首）

浔阳、柴桑，我是那东晋的女子
家住南山脚下。一间茅屋
有紫藤爬满篱笆的墙

种两亩地，耕一亩田
栽几株竹，种九棵柳
养七只鸡，四只鸭，两只鹅
三只小猪，一只温顺的小黑狗

穿白底子碎花的细麻布衫
着素净缚腰的粗麻深蓝色长裙
围绕灶台，点燃柴火，升起炊烟
溪头浣衣，采菊东篱下

在一个雪夜，拜访陶渊明的茅舍
炉火暖和，夜色稠密

温一壶浓酒，谈诗赋，论儒经
夜深，躬身拜别，踏雪归去
雪落无声。身后
小黑狗哼哼唧唧，欢快如小曲

点一盏松灯，燃两节竹碳
等远游归来的你，在这个雪夜
叩响那扇小小的柴扉

当我老了

当我老了，我想和你回到老家的
庭院，静静地晒晒太阳
帮你修修指甲
帮你从里屋找出老花眼镜和外套
烟，不再抽了
酒，也不再喝了
无事时，我们就去村庄里转转
要牵手，或搀扶，不可以一前一后
去看看炊烟、牧童、田畴
……如果我先你去了，你找个伴吧
如果你先我去了
我会坐在陈旧的时光里
翻一本同样陈旧的相册
回忆你所有的好性格与坏脾气

以及你一生的光辉与黯淡
然后，安静地等着你来把我接走

地　图

他总把一张地图带在身上
叠得方方正正，装进对襟服的口袋

闲时，便打开地图
一遍遍，不厌其烦地看

看建水县到北京要经过哪些省
看哪条路线最近，最省钱

有时，用直尺在地图上量
根据比例，换算出二者的直线距离

这个在乡下修了一辈子地球的老农
酝酿着一个伟大的梦想

他要赶着马车
去北京看一看毛主席

乌托邦

栅栏是乳白色的
圆形小茶几，藤条椅
黄昏渐近
此时，我是酒庄不问世事的小妇人
拥有这片广袤的葡萄园
一个勤劳善良好脾气的农场主丈夫
每天，我酿红酒
做家人喜爱的中餐和西点
日落时分
在这幢小楼的阳台
翘首张望他回家的身影
我们有五个孩子
——两个男孩、三个女孩
男孩穿绅士的小礼服
女孩穿漂亮的公主裙
夜幕降临，烛光下
最小的孩子已经在我怀里沉沉入睡
另四个孩子
倚靠在他们父亲的肩头、后背和膝下
说着一整天的奇闻和趣事
叽叽喳喳
那时，窗外吹来清凉的风
葡萄园里飘散着醉人的香气

橡木桶里的红酒正在发酵

……

孩子们终于累了

我的丈夫已斜靠在藤条椅上

发出均匀而轻微的鼾声……

宝　贝

他睡在我身旁

裸露着古铜色的肌肤

他已经睡熟了

发出了均匀的鼾声

壁灯照在他的脸上

他看起来那么迷人

他真是个美男子

这个可爱的男人

我那么爱他

我愿意为他变得温顺

我愿意为他变得端庄

我愿意为他变得风情

我愿意为他变成一粒微尘

我搂紧他

他似乎被我弄醒了

他翻了个身

我又把他搂紧了一点

他把我拽进怀里
含糊不清地喊我：
“小麦子，宝贝儿……”

黑乌鸦

黑乌鸦，虚伪的黑乌鸦
黑乌鸦，贪婪的黑乌鸦
黑乌鸦，谎话连篇的黑乌鸦

为何还整夜在我窗外聒噪
为何还怀念我清甜的麦芽
为何还舍不得我的绕指柔
为何还期盼我给你小月亮
为何还眷恋我尖尖的小虎牙

黑乌鸦，讨厌的黑乌鸦
你盗走我的红兜肚
你盗走我的梳妆台
你盗走我的胭脂扣
你盗走我的绣花鞋

黑乌鸦，虚伪的黑乌鸦
黑乌鸦，贪婪的黑乌鸦
黑乌鸦，谎话连篇的黑乌鸦

喊我小麦吧

今天开始，喊我小麦吧。就像
喊一株田地里的水稻、玉米、高粱
或向日葵般
我原本就是一株生长在乡村的植物
简单、朴素、温暖

那些乡民，多好啊
那个黑黑瘦瘦的彝族汉子
是他，把我放进大地温暖湿润的子宫
让我长成一株娇嫩的小麦
那个高高胖胖的汉族女人
是她，给我除草、施肥、灌溉
让我从一株娇嫩的小麦
长成一株成熟饱满的麦穗啊

那片田野，多好啊
那些青菜、萝卜、蚕豆和花生
都是我的邻居啊
那些蟋蟀、蚂蚱、蜗牛和萤火虫
都是我的小伙伴啊
那只小黑狗

曾经带着一只白色的小母狗
来我的地里偷过情啊
那只小麻雀
它曾偷走了我身上的四粒麦穗啊

喊我小麦吧
只需轻轻一声呼唤
那些日渐模糊的笑容和脸庞
只一瞬，便在我的眼前摇曳生辉
家乡那片荒芜的田野
只一瞬，便翻涌起一片
漫无边际的麦浪

作者简介

鲁娟（1980-　），彝名阿赌阿喜，出生于四川省雷波县，现居四川省成都市。

途经兹兹普乌祖地（外10首）

原来这就是传说中
一望无垠的平坝子，初秋时节
到处弥漫着苹果的芬芳
远处的山上坐满老人似的石头
仿佛素昧蒙面的亲戚们
向天坟永远朝向太阳
就像指路经最终指向这里
一个旅人途经祖地
一棵树回到它的根
午后他甘甜的休憩
得到了浓浓树荫的庇护

时　光

像儿时，无数次从窗口凝视
一朵朵云的变幻
一次次夜色慢慢落下
一场场大雪铺天盖地
一群群大雁年年经过
一些背影远走他乡
时光从不停留，滚滚而过
无数次曾徒劳地想抓住它
名声财富爱情也无法兑换
当我暮年，仍坚持抒情
不改脾气，像个真正的孩子
躲在暗处，同样的窗口
它送来最美的礼物

大　海

清晨第一朵茉莉花的芬芳
在银滩上钻洞的第一只小螃蟹
第一缕咸咸的海风
从黑夜中升起的第一道光线
一切都以它古老的方式
接纳一个经年犯错的孩子

多少汹涌的河流汇入
它依旧沉默着，宽恕一切
而我就站在这里
等着海浪跑过来拍我

夜航船

应该有一盏马灯醒着
一封信从远方捎来
应该有一些波浪翻动记忆
一首诗留在甲板上
应该有一个名字为思念而命名
一双耳朵为清洗而聆听
应该有一种美，沉默、辽阔
从海底升起，前所未有
等着我把它带回家

瓦岗的月亮

瓦岗的月亮
照着银匠叮叮当当的好时光
连同他闻名方圆的好脾气
照着核桃树下闲坐的人们

有的坐在麦垛上，仿佛油画
照着尘土飞扬的小街
酒鬼的喧闹已归于寂静

瓦岗的月亮
经过每个瓦岗孩子的窗前
眷顾孩子们的睡梦
在贫穷的年代，它是
想象的第一个母亲
诗歌的第一个导师
照着我五岁时第一次忧伤

故　乡

那时童年是天堂
村庄是散落在其间的星星
那时小鞋子跑遍整条小街
邻居间相爱犹如天使
那时小酒馆人声鼎沸
人们友善像源远流长的远亲
那时故乡从未受到任何侵蚀
没有争夺、妒忌和诱惑
没有孩子的哭泣，妻子的叹息
还没有罂粟花的伤口在
那片纯洁的土地上盛开

那时大家常常高声谈论
特有的好天气和一年收成
属地的彝语腔，伴着爽朗的笑声
以瓦岗人独一无二的叙述方式

知　音

万籁俱寂，雪夜的光
照亮一个人的孤独
他的歌声有些零乱，自由地
穿过黑夜，唱出热爱、疼痛
还有更多隐秘的部分
我和他所操持的手艺不同
各自为阵，一生也不会相识
但并不妨碍，雪花在舌尖融化时
彼此灵魂深处相同的
不可救药的柔软

镜　语

除了你，还有谁知晓
驯良一匹桀骜的马

和拒绝一场温柔的诱惑
多么不容易

除了你，还有谁注视
那些迅速而缓慢的过程
我曾苦苦饱满而又无望舍弃
我曾无所事事而又急急奔赴

除了你，还有谁轻易打开
那些不可言说、内敛的伤痛
还有谁窥见那道虚掩的门后
藏有一生草木葳蕤的秘密

除了你，还有谁能予我
对称的爱，毫不吝啬
并同我与生俱来的优点、缺点
到头发花白，唏嘘不已

秘　密

每棵树上都坐着一个孩子
如同先祖说过，每座山里
都住着一个护佑的神
猜不透他们怎样爬上去的
再小的孩子也有他的树可坐

晴朗的好天气和
他们的旧衣服
衬映得鲜明

每棵树上都坐着一个天使
他们的欢笑明亮、干净
没有半点杂质
一股股清泉在树间奔涌
仿佛尘世从未有过污浊
甚至并不懂得危险
风摇着他们高高在上的快乐
有一瞬，当我远远地路遇
那些矮矮的树杈在天穹下
承托着所有幸福的秘密

是谁令沉默无言的大地
忽然转动了起来
并以啄木鸟的节奏
敲响我日渐麻木的心扉

好时光

谁也无法盗走这完全的
私人的好时光
它安静、柔和，闪着

童年印记的粉红
自夜幕初降开始
点亮隐藏于她体内的光

这些光经过新鲜的清晨
喧闹的午后、忧伤的傍晚
终于抵达，把她从白天的
倦怠和虚无中解救出来
重又返回另一个自己

夜的呼吸重又返回耳朵
阅读和聆听延伸了这些
小小的幸福的触须
有一种美好永远无法言说
最后她放弃了更多的分享
回到一株睡眠的植物中去

端　午

六月的雨仿佛没停过
一整条街的清晨
飘散着蒿子和艾草的清香
许多年来，我不曾这样停下来
被一些空气中的甜打动

我走到哪里，这些细微的甜
就跟在哪里
仿佛它们从未离开过
我诧异于自己太久的迟钝
这世间到底还有多少美
和秘密等着被我分享

还有多少轮回中的修行
被自然而然地一一遇见
我在六月的雨中闭上眼
一张被爱关照的脸庞
正好映在寺庙外的樱桃树下
那时她只需张一张嘴
樱桃们就会情不自禁地掉下来

作者简介

吉克·布（1986- ），出生于四川省甘洛县，现居四川省西昌市。

山水志（外7首）

每当我走向荒野
我感到隐藏于身体里的
山水的意志
奔突而来
像渴望的爱和恨
它们来自——
一个念经的男人
和一个弹弦的女人

但我生命中最深远的痕迹
定是来自——
高山峰峦重叠的骨骼
雨水的血液
山风的气息

至于我内心伤感的旷野
它恍惚来自——
云雾里那匹
悄然离去的雪白马

三十岁

除了飞扬的雪
肯定还有什么在靠近我
小的病痛，大的石头
一条准备拐弯的河流
翻卷着浪花
也快要穿过我
生活越来越具体
糖是甜的，药是苦的
不敢说幸福，不敢说盛年皆芳菲
想把自己活成一棵植物
在故乡的山地
与荞子和麦子相互赞美
与晚归的飞鸟互道晚安
但我的三十岁还没有颜色
我只身躺在冬天的树林
看天空变蓝
看云朵如何白过寂寞
不知道到底，要

多么热爱，多么凛冽
才能慢慢变绿变红或变蓝
领受四季，不动声色地低到尘世
让你爱我和我身上的刺
风吹过的时候
想着想着……
我比那些枝条还不知所措
我的三十岁不值一提

一条大河

月光照进房间时
做梦人，又梦见河流
使远方与远方相连
使生命倒回源头
但我承认，这么多年，从未
真正地领略过一条大河
尤其，它在夜空下荡漾的样子
它的低诉或高扬
包括，随之而来的人群
牛羊马匹、歌舞声乐
一个村庄的兴起与空落
皆模糊，皆高远
一直，自顾自地追逐
从一个荒原到另一个荒原

当河流拐弯
浪花有了新的水域
我有了新的孤独
唯有，流水日复一日

梦　见

什么样的手升起火
是光中光，令屋舍明灿
令我们心里有了安慰
什么样的衣裙
摇曳生姿，而黛色的发辫
卷起万重山峦

我伸出手，无限接近
而又无法企及
在远方的晨曦，你
时光里的脸庞
仿佛山风，仿佛溪流
又仿佛裹着月色的花枝

我静默地等，我痴痴地等
等待一束光
穿过万丈尘埃
照在你索玛的羽上

秋分：朝着寂静

午夜的河流之声盖过寂静
空旷自晚蝉寒鸣
一叶飘落，万物服从衰老
在迎面而来的秋天
月亮照进内心，平分岁月
逝者如斯，我们已经学会
在婚礼上哭唱
在葬礼上彻夜吟诵
至少有十万种悲欣
被我们安放于这里或那里
仿佛生死稀松平常
如，草木归山林

彝　绣

大致是午后
除了燕子，屋檐下
多了转动纺锤的彝女，这时
一条河流蛊惑着另一条河流
拧转着缠绕着
穿过一双素手
被安放在蓝色的绸缎上

构成秘而不宣的隐喻
还有一些隐喻，要引藤穿针
捏花作样，绣
密密地，以获得万物庇佑
羊角纹、火镰纹、水波纹……
没有哪种是多余
而且我承认，这
一部分人共同拥有过的命途
高于尘世

众生图

所有的颜色都太轻
唯有黑色
唯有黑色把他们包裹
才会发亮

他们让画家陷入
沉默。陪伴他的
只有月亮和更多的黑
众生之影

所有的夜晚都显得忧郁
火焰和酒水

斑驳成词
爬满一堵土墙

我承认墙上什么都没有
墙的内部和外部
是土和土，或者
土质的彝人

是的，土质的彝人
阳光刺过的肌肤，沟壑纵横
和大地一样古老
和河流一样不息

他们祝福万物和粮食
他们的村庄终年被太阳照耀
季节流动的甜蜜
在粗野的山地结满果子

众神的语言

一定有谁偷听过我夜里的梦呓
我怀想的那场雪
圣洁的甘露
从日史普基的双乳
纷纷飘落在诗人的句子里

那人一定还
向我盛着清泉的木碗
掷了一颗滚烫的石头
将禁锢在远古森林的孤独密语
日夜地呼唤

我在火焰中苏醒
呵，水与火的语言滚滚而至
推我上岸
森林里的矮风
与众神拽住我如炭的黑裙

我看见古老的语言起舞
在火焰的顶端闪烁、跳跃
月亮的马也要前来
取一粒众神的火种
赠给寒冷的群星，忧伤的群星

作者简介

陈陌（1982- ），本名陈美仙，出生于云南省金平县，现居云南省金平县。

十字路口等工的妇女（外3首）

一个背篓，一把锄头，一双起茧的手
生活像一只苦胆，她们的每一个脚印都浸透苦水
等待的心，风雨无阻
奔波的累，谁人能解
注定在喧嚣的街头，守望每一日的朝阳

她们不再属于山林、树木和泥土
她们迈向城市，在高楼下看着陌生的影子感叹
她们失去了绽放的梦想，失去了追逐的姿态
每一天，为给孩子带回学习用品
为给丈夫捎上几斤苞谷酒和一些下酒菜
为了灶台上的油、盐巴、酱油、味精
天灰灰亮，从村寨赶到这座小县城唯一的十字路口
她们席地而坐，三五成群，殷切地等待有活干
看到穿戴整齐、貌似老板的人过来
她们都会凑上前问："老板，找工吗？我能干活。"

期盼的眼神、干裂的嘴唇、焦急的脸庞
在树影间斑驳了城市的记忆
两棵盛开的紫薇花在不远处
倾听，等工的妇女疼痛的心事
长年累月，她们从晨雾中走进城市
在夜黑中静静离开
没有告别，没有凝望
脚步像风却更沉重

生活有时沉默，有时挣扎，有时安乐
她们穿着朴素的民族衣服，讲着朴实的语言
她们舍不得花五块钱到路边摊吃一碗热乎乎的米线
捧着芭蕉叶包着的冷饭和自家腌的咸菜
脸上却露出朴实的笑容
她们忙于生活，忙于劳作，忙于柴米油盐
她们不知道欧洲杯，更不知道谁又上了太空
她们思考重心在于今天能挣到几块钱
运气好能到工地上务工时，一天能挣到五六十块
可以添加一些廉价的生活品
有时一天只能零零碎碎干点小工
十几块钱的收入，仅能为家人带回几颗白菜和快要烂掉的水果

她们徘徊，她们疲惫，她们还在前行
说不尽的辛酸生活，道不尽的人生途径
生存的希望装在背篓里
幸福的渴望系在十字路口
天明时，她们又安静地坐在那路口等待着城市的恩赐

卖烤面包的女人

喧闹的街道
唯有她
停顿在巨大的安静中
瘦瘦的脸颊
被漫长的时光打磨得冷清
如一只喘息的斑鸠
从摊位前走过的人很多
停下脚步的很少
一元两元的小生意
她做得小心翼翼
皱巴巴的零钱和苦难的经历
都被摊在皲裂的掌心上
细细捋平

天黑之前，她什么也不想
默默地守住摊子
风雨里，烈日下
她像城市的雕塑
徘徊在似苦又甜之间
一低眉一浅笑
浮动着多少辛酸和欢喜
从天明
到黄昏

她一直在街边
以一元钱四个的烤面包
填补着生活的
凹处

金水河的细节

远处的河岸边
傣家老妇人脱去上衣
耷拉着一对沧桑的奶子
秋天熟透了，老妇人梳洗花白的发丝
阳光打在脸上
那般寂静，那般温厚

我闯进一处陌生而又熟悉的村庄
苦楝树落光了叶子
只剩下一串串碎金似的楝子

夕阳落在大青树的根部
余晖勾勒出村庄的轮廓
风吹来风的味道
我们穿过蕉林，听河的喘息
大片的河床在挖掘机的暴力之下
张开凄凉的疼痛

风刚好登上了岸

一块石头许下心愿

没头没尾的故事

静止于一滴无泣无泪的水中

村庄裸浴在河的倒影里

喂养了各式各样的风花雪月

营盘！营盘

一

比秋天更深的季节

谷子熟了

落叶瘦了

影子老了

日子冷清了

为着寻证历史的足迹和干旱的根源

热衷于走路和写字的人

闯入一个叫营盘的地方

黄昏压低了水冬瓜的枝丫

载着千年前的一缕阳光秘密地轮回

一匹老马背着祖先的骨头穿过芭蕉林

低沉、沙哑的嘶鸣

厚不过与生俱来的辛酸悲苦

二

掀开逝去的岁月
水死去，带走石的魂灵
黑白之间，遮蔽了一只单飞的鸟
大地之手雕刻的石乌龟久久守望
一滴深褐色的泪
浸染缄默而孤独的声音
你倾诉，我祈福
怎奈何，谁疼了谁的心事

三

汽车，在村口抛锚
我们沿着水塘
寻找各自眼中心动的风景
拐过一片芭蕉地
遇见一群孩子的尖叫
惹人心生怜爱
水塘的水是浑浊的
饮水塘的水成长的孩子
有干净的笑脸和美妙的时光

四

长臂猿还在梦中
雾已穿透了阴暗和空虚
大芦山深处独显缥缈而沉静
泥土轻轻地松动
有灵气蒸腾

风起，早雾

时而分散，时而匆忙聚拢

驱赶秋晨的倦意

五

这是一个沉默的季节

在这片被遗忘的土地上

土匪头子的故事流传在老乌族人之间

虚与实的对峙

对与错的争辩

纷扬的战争已是隔世的事情

铜炮枪早已在苞谷地里熄火

跨过贺光荣家的门槛

我们想要再现历史的锋芒毕露

可是这片被遗忘的土地

空了，静了

只有风扶着冷却的山岭

以及一棵老核桃树独自叹息

六

中秋之后的核桃树

零星地挂着几颗果实

我们的到来引起了一阵风的慌乱

树叶落下，一片，又是一片

一棵树苍老了

内心的创伤开始流血

血流干时，皮也就脱落了

再已藏不住任何秘密
我们像孩子一样敲打核桃树
饱满的果子掉落
砸在青石板上
香气四溢，灵魂散开
它们注定要在泥土中承受苦难

七

那些日子一贫如洗
她穿着破旧的胶鞋走在干渴的土地上
大脚趾头沾着黄泥巴
右手抚平左手的苍茫
左眼看见了右眼的疲倦
头发凌乱，凝结岁月的污渍
风燥热地吹过耳洞
有一种声音在荒凉里飞翔
以低分贝测量距离母亲掌心的尺度
她挺直身体
仰望飞鸟和蓝天
多年以前，她也曾像阳光一样透明
但是，难以抗拒的贫困
像陷阱拽着人朝向堕落
沉重的肩膀
沉重的腹部
沉重的生活
企图颠覆，最终却无条件妥协

八

两公里以外的水塘
会不会在日落之前干涸
芭蕉河，一个没有河的寨子
她背着沉甸甸的水桶赶在天黑前回家
在我按下快门的瞬间
从她臃肿的身体里传来回归的声音
那是一个生命孕育另一个生命的秘密
她抚摸着隆起的小腹
筑起爱的暖巢
她的大儿子跟在后面捕捉秋天的蚱蜢

渐次远去的野花盛开的声音和杂草舒展的声音
一个背水的孕妇被夕阳拉长了影子
她抿了抿干裂的嘴唇
走进这个季节的成熟
有一些故事接近尾声
有一些寂寞被风吹散
只有胎音持续，覆盖秋日的傍晚
当夜幕低垂时我还在猜想
背水的女人
是不是日复一日地把山路绕成年轮

作者简介

邱蓉（1981－　），彝名喜格喜珍，出生于四川省石棉县，现居四川省西昌市。

西昌石码子，衰落里繁华（外5首）

你在一处旮旯始终保持沉默
我如何都想象不出你在忧伤还是暗喜
有人只想远远走过
我的彝人，白天夜晚都有他们的梦
值得他们留守与期待
他们叫你河普洛列解，我叫你石码子

春天栖息的城市
你在角落聆听高雅的口号
你的春天，隐匿或淹没于人们的脚步
离现代很远，与古代不近
彝人拾起你的失落，注入乡野血脉
在此，我的母语如此诚恳又尊贵
彝人的笑容温馨
像风一样轻，像土地一样亲切
真正的彝人走到哪里都是真正的彝人

我随你名字走近独属你的历史命脉
找寻逝去繁光，我始终坚信
彝人先于汉人成就你的繁华
现在也是彝人坚守你的繁华

他们姿态朴素，如朴素的路
河流带着黄土流入希望的远方
黑色庄严，我视为成长的历史
老人妇人儿童努力进步自己
察尔瓦征服来的舞台
缺了外出务工的彝人
妇女向我投来记忆里的慈祥

凉粉凉面炸洋芋烧洋芋，在街角
一股冲动及时被自己掌控
球杆握在彝人手里，在桌边
准备冷静撬开一时欢愉
他们粗犷，如支格阿鲁果敢

阿都妇女的世界装满金花麻将
她们手法熟练，如织布捻线
她们的生活简单得
只需要用双手去抚摸
这里少了汉人而显得衰落
多了彝人而繁华
黑色墨镜与黑色肌肤一样神圣

《阿达惹》让一个爱酒之人
暂时荣膺自豪，摇摇晃晃的热情
电瓶车摩托车在酒歌里慢慢悠悠

这里的汉人都老态、跛脚或佝偻
守着桌上一碗茶和手里的牌
不与彝人交往，也只有他们不嫌弃彝人

儿童划拳决定输赢，时光从指尖划过
那些背起娃儿推三轮车躲城管
风雨无阻卖菜的妇女
是孩子们盼望早些归来的母亲

石码子，被一些人远去
彝人却悄悄走来，法器经书
高高扬起彝人历史与文明
毕摩在路边蹲坐，准备下一场祈福的法事
神枝、稻草跟随其后，召唤自己的主人
苏尼用鸡蛋、清水决定彝人的健康
击鼓呼唤神灵翻山越岭驱逐妖鬼

石码子唱起彝人母语：
“买都拉巴、荞粑粑、洋芋酸菜汤。”
“按摩治疗头痛、背痛、腰痛、脚痛。”
像巫语也像经文
服饰、银饰、漆器只期待彝人的目光

宠猫宠狗关在笼子里等待汉人
彝人不需要它们
老阿妈玩起“丢色子”
老化的青春在古稀之年重生
男子们手里的酒瓶擎起一段历史
相互碰撞人生，仰头豪饮
彝人喝酒的方式少讲究多自在

彝人喜欢这里，可以随性、轻松地活着
不会有“招工不要彝族，房子不租彝族不卖彝族”
你用温柔的呻吟读懂彝人的坚强
只有这里
彝人像彝人
母语像母语

泪，滴落在酒杯里

我在远方奔赴远方
走入伤悲的故事
一杯烈酒淋湿抑郁多年的语言
三个女人落下泪，燃起杯里的酒
七月躺在失落的季节里
为女人遗拾最后一丝温情
逝去的歌穿透岁月

刺痛不眠的夜
夜，落入酒杯
故事，泡在歌里
变成一杯烈酒
我以失语面对

出　嫁

是什么让你的脸白得像云
可怖的苍白
双唇太阳般耀眼
也像火焰通红
昨晚你把离别的泪
藏在指缝里
妇人们唱着哭嫁歌

忧伤忧伤的歌里
她们掐碎出嫁的记忆
我也在红盖头下面看到自己
待你背影消失在云端
叫醒你的喜鹊
正要去啄干蹲坐火塘边
母亲脸颊的泪

生命里有阳光

阳光敲打我的窗户
向我提示该迈出新的脚步了
新鲜气息
如果我醉了
一定是清晨的太阳
那泉水般的甘甜
晕染了思绪，此时

在白色楼房里，一张
黑色方桌让我靠坐着
作为一个女性的彝人
惋惜青草未能等待绵羊温柔
的气息
或是庆幸羊鞭从手中丢失
生命需要阳光
请你走到哪里就把阳光带到哪里

致卖唱者

你好像已疲倦
踩着别人古老生锈
的足迹走来

一把吉他和一个音响
与你紧紧团结在一起
它们和你一样卑微的身影
在酒精浸透的双目里模糊
他们听着歌，却看不出
一个卖唱者贱卖的热心
一种敬畏的目光
我把它送给你骄傲的背影
你也是值得尊敬的母语爱好者

欲　望

冬天，想离你越近越好
每个角落
都想有你的身体和温度
夏天，想离你越远越好
每个角落
都留下阴凉，把自己带走
白昼，你从东方走来
黑夜，你从西方离去

你的价值
是被需要时出现

作者简介

宋晓溪（1980-　），彝名虎艾娜，出生于云南省宜良县，现居云南省宜良县。

塞纳河边的咖啡馆（外5首）

巴黎带花香的空气
各式各样的人在这里
据说这是最浪漫的河
塞纳河
无数的艺术家和大师聚会之地

在咖啡馆里
和一个金黄色头发的男人
分享午后的咖啡
和曲奇饼
语言不是很能听懂
但眼神可以交流

谈论一个老掉牙的话题
喝一口咖啡

然后说到阿拉伯人和黑人
据说他们都喜欢钱
一种是天生有钱
一种是喜欢抢劫
谁说这里是浪漫之地
天天都有丑剧上演

他的蓝眼睛一眨
说了很多法语
大多听不懂
只有猜测个别单词
看来我并不适合待在这里
明天我想我还是回去
到那个黄种人聚集的国家去

旧　情

有时在街角
有时在梦中
有时在森林
有时在衣服里
有时在别人嘴里
有时在河边
有时在草地
有时在商场

有时在公园
有时在机场
有时在车站
有时在码头
会遇到旧情
它是欢乐
它是泪水
它是无奈
它是叹息
它是发呆
它是后悔
它是对不起
它是凋零的玫瑰
它是心中一片片碎裂的玻璃
疼痛和刺激
它被归还
它被拐骗
它被霸占
它被勾引
它走向一边
它被作废
它被过期
它衰老无力
它在狂欢过后的烟草里
它在酒精里
它在阴暗里
它在自卑里

它在梦呓中含糊不清
它在午夜的情歌里
它在人海里
它在书本的一个情节里
它在故事里
它在电影的一个相似的片段里
它在皱纹里
它在网上偶然相遇
它是人生的一败涂地
应验了命运的悲剧
它在我的诗歌里

洛丽塔

如果不是用很多年来验证
就不知道你爱洛丽塔
这是一种无可奈何的讽刺
每个女人都曾经是青涩稚嫩的洛丽塔
这没有办法
时间总会带走美丽的容颜
每一颗水果
每一朵花
每一个动物
每一座山

每一条河流

每一个湖泊

每一块板块

每一个海洋

每一块石头

都有老去的一日

每一个曾经都是年轻的洛丽塔

你离开或者抛弃的

都是一次性的美丽年轻

是不是只有美丽的容颜

才配得到爱情

是不是只有年轻的美女

才配和你钩钩手指发誓

风沙还会再起

洛丽塔总是无可奈何地老去

那些挺翘的肉体

只是暂时的美丽

你说你不管

你就愿意这样肤浅

你只听取优胜劣汰

天生是个雄性的天命

你只遵从自然逻辑

割麦女人

秋天为土地染色
割麦女人
高昂着
古铜色的脸
微笑着
露出白色的玉齿
像百合花开在金色的田野里

同样古铜色皮肤的小女孩
坐在她的背篓里
女人的乳房在麦丛中摇晃
果实累累
她的眼睛妩媚宁静
正午的骄阳
烤着她的脸庞
滑落一滴滴汗水
是夜空中的流星雨
每一刻都带有一个愿望

割麦女人
一定拥有
农夫爱情的滋润
女孩是她的乘客
她像一艘船

满载母性和爱情
向前方驶进
不到终点
不能回头

麦　穗

晚归的耕牛
和牧牛人的山歌
有些凉的风
高山被染成金黄色
慈祥的外婆
拉着年幼的我
披着蓑衣
戴着草帽
我们已经等不及
麦穗已经熟了
外婆说
麦粑粑好吃啊
我流着口水
跟着她
手指拂过麦穗
感觉是那么美
就像慈爱外婆拂过幼稚的脸

外婆能背一大背麦穗
还有牛儿在流着口水跟随

一棵树

一棵树站山顶
不清楚是什么原因
是谁把它带到这里
风吹雨淋
它只能站立
飞鸟有翅膀
走兽会行走
而它没有这样的命运
它不能倒下
那会失去生命
它不会哭泣
它不会抱怨
向上生长是使命
没有选择
没有意义
就像一个士兵
没有退后的权力
它只能挺立着
面对命运

作者简介

李凤（1986-　），出生于云南省宁蒗县，现居云南省丽江市。

我是我的妻子（组诗+外4首）

大地的身子

大地的身子
年年都受着风寒
却要永远原谅
那把一厢情愿的铲子

人们谈论的价钱
像土豆一样
都长在它的肚子里
连风也吹不走

在它面前
人人都是农民
都挺不直腰板
都向一抔土求婚

有人干脆跳到里面
合上棺材盖睡下
谁也叫不醒
连大地都没辙

血色口红

她用母亲的事故赔偿金
买了一只血色的口红

那是种不朽的颜色
代表永恒的呻吟

笑容要去找欲望取暖
但欲望，在疾病里僵硬了

像标本一样的红
适合被嘴巴收藏

我是我的妻子

我是我的妻子
一粒早产的麦穗

我不需要粮食
但请别带走它
它能告诉我季节

我不需要玫瑰
但请别带走它
它能绣我满身的刺青

我不需要睡眠
但请别带走它
我的梦会找不到我

我是我的妻子
没有任何家当
有时种树
有时饮水

一个彝族女人的月亮（组诗）

亲爱的奶奶

亲爱的奶奶
也许七月时，我会好些
因为七月里，您的发不会再白些了

亲爱的奶奶
也许七月过去之后，我会好些
因为八月，并不住在六月的隔壁

亲爱的奶奶
也许下一个六月，我会好些
日子旧了一岁，忧伤也应该会旧一点

亲爱的奶奶
听说七月我最爱的雨要来为大地洗头
八月您喜欢的葡萄在阳光下迎风醒来
但我只想永远住在六月里
那时的我与死亡，不熟

她曾住在人间，被六月把脉

民国的女子
清朝的肺叶早已被鸦片熏得乌黑
被批斗的贵族在噩梦中打翻了黑锅
而您，将要去往哪个世纪
做哪国的公民，转世后
是否还要重走一遍
人间的婚丧嫁娶

您没有牙齿时，还有爱情
您走后，风雨同舟五十载的男子，夜夜为您掌灯
秒变成了分，月变成了岁
他仍担心您怕黑，记得您只喝很淡的茶，加几颗盐
您羞于说爱，但弥留之际对他说“快去找点东西吃”
您牵挂的事情芝麻大，您沉默的感情却擦亮时代的眼
爱情是你们的，不是我们的

生逢乱世，您一生未曾有过自己的婚礼
但婚礼是你们的，不是我们的
您一生只参加过自己的葬礼
但葬礼甚至也不是您的，而是我们的

民国的女子，其实是个头戴罗锅帽的彝家女子
一生不着红黄，不露肌肤半寸
不曾大悲大喜，不曾口出恶言

刺在手上的梅花纹，在南方干旱的大地上娇艳盛放
成年时父亲送的发簪，一直戴到和死亡重叠
断气的时候，有一口痰始终闷在胸口，带了点遗憾上路
彝族女人帽子上的礼节，压得一生都太重，却厚，且实

她年轻时，看着比她小十岁的丈夫日渐成熟，从他手里接过一张狼皮
她健在时，不肯向送来我作品的邮递员报上姓名，怕他是闹革命的红卫兵
她病时，只能说很少的话，不愿再提起母语里一切脱水的虚词
她死前，梦见自己和逝去的亲人晴朗下重逢，认领一个未知的方向
她死的时候发未白尽，身着自己亲手缝制的绿绸丝衣，静美极了
她在葬礼上，等到了生前久等不来的人，天下了刚刚好的雨
她死后不久，当年政府奖励的手表也停了，它只为她计时

她八十二岁
她完成了生
她从此不再被生活局限
她曾住在人间
被六月把脉

一个彝族女人的月亮

垂死的夕阳被风里的壮汉抬出窗户
吊瓶里未完的点滴仍等待一根虚弱的青筋
死亡的教科书用彝文写着——

女人须朝右而躺，仿死亡子宫里刚刚成形的婴儿
拇指须握在手心里，庇佑后人殷实的福祉
须梳两条辫子环头盘起，齐整如初似待嫁的新娘
让亲人去山野找骨灰里火炼过的首饰，死里播撒希望

葬礼外，有一只贪婪的眼睛斜穿过送丧的人群
黄昏时阴谋在他的心里顺产
我只相信，他不敢说出的话

是谁黑色的翅膀拍痛我的脸
左面右面，绕过赤道的中分
在迎亲的队伍里，咳血

患了风湿的膝盖跪了一宿
还没等来最后一道圣旨，那股冷便蹿到了骨子里
——死神宣布鸣枪，留出一条道让灵魂通行

她信了一辈子的迷信
临终前，牛羊的腥味熏黑经文所有的章节
但她，只看得见死神挂在墙上的字母表

呵，月亮本该是残的
十五那天那么圆
一定，很痛

我与时光

我累了
时光，还醒着

我老了
时光，还在学步

第一次看到我时
我摔倒了
她扶起我

最后一次看到我时
我摔倒了
她火葬我

作者简介

冉红梅（1979-　），出生于云南省金平县，现居云南省金平县。

太阳寨（外1首）

太阳，我父亲的兄弟
架一口沸腾的大锅
把我的故乡熬成一锅干瘪的连渣捞
让这样的影像时刻刺痛我的脑神经
香案上的泥菩萨舔舔干枯的嘴唇
不理水烟筒的死活
房前的水井和核桃树默契地枯去
寨子里所有的泥土和黑石头
都干了喉咙，失去语言和疼痛

太阳寨，我的父亲，太阳的兄弟
怎么会有一个如此糟糕的兄长
拿镰刀与斧头针锋相对
寸步不让
让苗家人陷入仇恨

记忆里的故乡
布谷鸟来访
大地草长莺飞
马蹄叮当
地谷伸出冒油的小脸
窥探我的秘密
母亲拔掉争抢阳光的野草
而我是只花脸的小蜜蜂
在苞谷丛中转来转去
忙昏了头
等母亲唤我回去吃晌午
才能停下来
我的父亲
那个把三分之二裹在大裤裆里的男人
用大手摁摁我的头
眼里堆满慈爱

回忆逝去
我被煎熬得火烧火燎的眼眸
流不出一滴泪水
时间薄得像一张纸
纸上所有的影像都是鸟

太阳寨传说

海水退去以前，单细胞、复细胞，蛙、贝、鱼
往来交流
我红黑条纹摇摆身姿
拖大裙子吃黄海泥
你长尾短腰白肚皮
在我身后唱绵绵情歌
讲我们的前世
系我们的今生

我家的两只狮子
一只叫太阳，另一只还叫太阳
黑骨黄毛，嬉戏于天空下
五百年后
他们喝干地上的水
吐出太阳、石头、金子和寨子

我们的寨子叫太阳寨
太阳寨养的人叫苗族
黄泥巴墙茅草顶
种麻为衣玉米为食
割一把解放草，烧热灶膛

火光印亮眼前的世界
金黄的墙，金黄的灶，金黄的地

金黄的蒸子，金黄的声音，金黄的脸

满眼的金、满眼的黄在血液里流淌

星火飞溅，百练千锤

去掉水以后

我们的骨骼更加坚硬

作者简介

马海阿晶嫫（1993- ），出生于云南省宁蒗县，现居新疆维吾尔自治区和田市。

牧　荒（组诗+外4首）

在石头的皱纹里

在石头的皱纹里
想起被驯服的黑马
传统与空气之间的辞
烟雾朦胧，我们谁也
不能感知自己遗失了什么

只能摸索一根线的生命
我到底在哪里弄丢了你
我可爱的花儿，风被时光朗诵的秘密
是否在石头的皱纹里——
可以听得见两只眼睛
彼此目视的花絮

痛　苦

你使我癫疯、使我狂欢
每一刻无眠，都会诞生一种新的思想
给树枝和鸟儿以及天空命名
金色的河流把它们漂移在
无处不做的梦境里
把它们当作遗忘的祭拜
可是，我还会觉得想象
缺了怎样的言语
把你描述得如此不堪

假如我莫名地

假如我莫名地，荒凉起来
那是我弄丢了打开农场的瓶盖
篱笆拒绝我在碧绿的希望之内
于是我失去了聆听羊鸣的自由

假如我莫名地，愤怒起来
那是手术刀弄疼了底线的神经
我会用最后一滴血去洗净
羊羔钉在十字架上流泪的光芒

假如我莫名地，死去
那么母亲不会再哭泣
那只瞎了的左眼
会拿着鲜花的美誉嘲笑
这座无根生草的小镇

假如我莫名地，复活了
那是母亲流泪的山泉
在大自然的歌声中
唤醒了我麻木又僵硬的云翅
我将飞往那个羊群吃草的地方

这里充满

这里充满荒芜的迹象
同时也显明着新生的头颅
一只小绵羊露出洁白的牙齿
舔醒了母亲分娩过后的曙光

这里充满腾飞的机器
时刻扰乱着树眼的耳朵
但那一群只热爱飞翔的巨鸟
把我叼在无边的云片里
促使我看见侧卧在地上的幽灵

哦，这里充满死亡与生存之间搏斗的冲突
我用一双树皮的眼睛
来寻觅一座孤寂在喧闹中的房屋
房屋里滴漏的生命，只剩下自然的雨滴
它渗透女性的子宫
把我生育成密林里的某一只野兽

投　胎

我把头颅放在
母亲最深渊的私密处
目的只在于，能够清晰地
思考一棵野草的生命力

我把命运安装在
空旷的乡村里
只愿做一棵沉默的小草
把母亲和土地连结在一起
把孤独留给灵魂深处的埃尘

我把忧郁和快乐歌唱在
清澈透明的河底里
喂给父亲一个真实的面包
喂给爱人一朵真实的玫瑰
开始的遥远，只有爱情

在生命的林中歌咏（组诗）

我托起身去寻觅天堂

如此静谧的星辰
我的心在你手上耕耘
未成熟的、陌生的、古老的荒地
丝丝缕缕的草根
生出思想者的头颅
它们让我如痴如醉
穿过冰川、星辰、树林、晨霞的天际
直到在你身旁横现白天的太阳时
我内心深处的泪水才能
在这里和散失二十多年的姐妹相遇

你的夜晚里，有我的寂寞

你的夜晚里，有我的寂寞
夜莺的老村庄，灵魂的出生地
我以红色的嘴唇亲吻你
我以休闲的时光漫步你
当你不再歌唱夜晚

不再呼喊父亲的名字时
我依然用黑暗的眼睛合拢你
在第一缕曙光睁开命运的钟点处
活埋自己，活埋荒谬的理想与爱情

我第一次在林中漫步

我第一次这样无意念地
在万物生长的林中漫步
在雪地上雕刻的脚印
呈现出灵界的画纹——
这里的母亲曾像雪花一样美丽

雪花落在高大的树枝上
发出风的大爱，吹羞了我的脸颊
这些理想的帆影在意过谁的云——
父亲身上的豹纹，兄弟身上的胎记
我还是过目不忘，它们在我的体内
生成对现实的热爱，我如此深爱
母亲这张朴素的图案

我第一次这样无拘无束地在林中漫步
心灵飞舞在新鲜空气里
感受母亲的爱，长出黑色的短发

我是她手中的一棵凤尾草
带着阳光爱遍了整座群山

我第一次这样携着忧伤在林中漫步
原来，在爱的背后还有遗失的可怕
当牧羊人提着鞭子路过时
房屋外的疯女人便会嚷嚷着
树上的雪花，落吧，落吧
落在老村庄的庭院里
我梦见，我梦见，我梦见
父亲在林中像我一样漫步
只是他偶尔用手指抚摸胡须上的雪花
然后消失不见，让我做回山里的孤儿

猜　谜

每当站立在镜子面前
直视另一个自己时
有时候，我发现自己越来越美
好比山中独一无二的一朵野花
多数时候，我就是人间的丑恶者
没有什么物体可以代替我去
讲述这个杂乱的世界

作者简介

苏钰琁（1993-），出生于云南省永仁县，现居云南省昆明市。

那些春日啊（组诗）

春　风

就像我从未想过要远行
昨夜春风才来
不知是缠绵还是聊胜于无
穿过一整个寒冬
鸟迹干涸
似乎从未活过

清　晨

惬意的永远只有晚风
因为贪睡的人无法

拥有清晨
我在梦里听见虫鸣
树丛深处是一潭
宁静的湖
晨读的人把书忘在了岸边
清风的期许从来分不清昼夜
我被昨夜的晚风
灌了一坛酒

梨　花

枝丫上连蓓蕾都无
却已有人满腔馨香
拉了情人的手
堪堪折断草茎上的晨露
太阳被云层遮绕
光线被闪躲的大风吹远
生命终于沉入复活的坟冢
夜色深沉后
梨花仍是开了

落　日

我在落日里用沙
画一座城堡
有些东西随着光线
死去了

炒饭 热汤 熙攘的夜晚
一个哭闹的小孩
一个乳房干瘪的妇女
一个垂死的老人

那我呢
时间横亘在桥侧
把食物分给垂死的人
无所谓挣扎
坍塌成饥饿者
断裂的眼睛

青涩的年纪没有
重量 无法在
这沉浮中描绘
一段童话
她给所有人
盖了棺

她在沙里画一座
城堡 可惜风一来
就不见了
黑夜也是有影子的

故事长大

我和她说话
她就学会了写诗
就在这红色的春天
有一滴眼泪般
金色的湖水

我们手挽着手
她就飞走了
风有四十公斤的重量
她只有四十克

总是遇见大雁
在地上行走
又遇见蝴蝶
像狼一样温柔

她在十八岁那年
就停止了生长

后来妈妈
发现了她的秘密

我们可以
一起唱歌　一起哭泣
直到脑袋没有氧气
只是我始终
学不会她的孤独

她总是趁我熟睡
被月亮带走
被繁星带走
唯独微风
不能是她的童话

在这十八岁零三十六个月的年纪
把眼泪收进口袋
积攒到下个十八
换一杯我们都不爱的绿茶
让遗忘的都回来吧

说好到天外流浪
把遥远的故事带走
她默不作声
写下藏在去年的自己
让岁月破碎成她的诗歌

我们终于　相顾无声
只等故事长大
无论眼前一片漆黑
抑或容颜娇媚
这十八岁的相遇
都是我们离别前夕
花香四溢的告慰

归　来

我听见落叶
像南飞的大雁
归来
就在这春日

我听见你
乘一记晚风
归来
余温停在昨夜

你不会记得
上一次拥抱
迟疑了零点一秒

就像我不会记得
下一次见你
还如昨日重逢

你转过身
我站在风里
长发扬起
太阳沉入心底

每一场黑暗中
都有你分明的轮廓
有时从背后拥抱我
有时攥紧我的手

我总在梦里
梦到梦醒
以及那些
被大雨浇湿的岁月

梦呓被唇舌研磨
嘈嘈切切
脚下有嘤咛的春色
但见归期

梦　境

我又在这样的夜晚梦见你
阴影里的面孔毫无表情
我变成老树下的猫
形销骨立
血液蒸腾
你漠然竖起毛呢外套的领
睁开眼睛吧
冬日早已消亡了

死　亡

春日里
我是自己嫁给自己的人
自己在回忆里填塞些告白
洗澡时自己狂躁地挠了背
夜里反复呻吟着
皮肤里挣扎出一个垂死的人
我终是迎来了
一场高热不退的大雨
活着
总好过一场死亡

作者简介

吉布日洛（1994-　），出生于四川省普格县，现居四川省普格县。

怀孕的男人（外3首）

电闪雷鸣的夜晚喝醉的男人怀孕
我看见他挺着个大肚子
躲在荒无人烟的山洞里
思考如何将肚子里的怪物解决掉
他躲进山洞又跑到树下、电杆下
他想借助雷电摆脱灾难
最后他笨拙的身躯滑进泥淖
雨过天晴，彩虹桥的子宫里
我的诗歌开始分娩

我们彼此相爱

我们彼此相爱
在每一个白昼与黑夜

在每一个黎明与黄昏
在厨房、街道、公园
拥抱、哭泣、亲吻

我们彼此相爱
让我变得更加善良、勤快、细心
煮一杯咖啡
做一顿晚餐
都格外地小心翼翼

你说想看大海
我们便十指相扣，在沙滩漫步
忘了时间，忘了疲倦
甚至忘了来时的方向
微风徐徐，吹起朵朵浪花儿
也吹得你的眉角，露出甜甜的笑容

若有一天，我们不得不挥手告别
那么，我们离去的背影，流下的泪水
都留给大海吧
我会像最初相信缘分一样相信命运
在没有我的清晨里，请你别独自忧伤
只愿你知道，我曾为爱情流下的泪水
只愿你知道，我们依旧需要爱情
像草木依赖雨露，呼吸需要氧气一样
需要爱情

猎人的孩子

猎人的孩子
还记得吗？母亲将你的脐带剪下的时候
父亲在火塘边洒了三碗酒
告诉祖先要把你训练成杰出的猎人
像父亲一样
像父亲的父亲，父亲的母亲一样
腰挂弓箭
背上雄心与壮志
俘虏凶猛的老虎与狮子
捕获所有天上飞的地上爬的生灵
站在高高的山冈上发出骄傲的呼喊
时隔多年
你柔软的手掌充斥着刺鼻的血腥
傍晚你就光着臂膀赤着脚丫穿过山林
穿过父亲和父亲的父亲以及父亲的母亲曾经穿过的山林
他们在梦里嘱托你：一定要做个勇敢的猎人
在秋风吹过山冈空中有黑鹰哀鸣的时候
猎人的孩子，永不流泪的孩子
为何你的眼神充满了忧郁呢
你空手走过城市空旷的原野
牧羊女的羊群不再逃跑

反　驳

悬崖于我而言，有一种神秘的吸引力
脆骨被狂风撕咬的时候谁能断定这感觉一定是痛苦的
我觉得这是一种前所未有的痛快
你看看你微笑着的表情多讽刺
你是在向我示威吗？不用回答，一定是的
让我前进，让我后退
你一副楚楚可怜的模样，给了我最佳的可是我最不想要的答案
我的眼泪流了出来，又吞了回去
因为我不能流泪啊
每天夕阳落下的时候，我还要用诗意的语言歌唱
时而沉默，时而欢呼
热情高涨的夜里
波动月牙的情绪的
将是我，坚硬的残骸
他们说我是人，可我觉得
我不是
因为没有那么多的因为
只是人类的血液里流淌着诗歌的灵魂
而我的血液里驻扎着灵魂的诗歌

作者简介

吉克安妮（1993- ），出生于四川省普格县，现居四川省普格县。

黑情人，正骑马赶来（外7首）

厌烦了耳边虚情假意的呢喃
受够了日日重蹈覆辙的生活
亦厌倦了朝秦暮楚的人儿
打开房门，等待爱人的到来
许久，许久
夜夜笙歌的篝火旁不见爱人
等不到我爱的人儿
看不见想要的明天
摸不到那炙热的肌肤
心灰意冷的我倚着门前的老树坐下

惺忪的睡眼隐隐约约看见了他
精壮健硕的他
带着我爱的娇艳的索玛花环
骑着骏马赶来
那笑容，似曾相识

那黝黑的肌肤，让我心生悸动
为何他的一切让我感觉如此熟悉
如此温情
原来命中注定的爱人，真的存在
我的黑情人，正骑马赶来

五月不眠

你说
你厌五月的天
厌五月所遇的人
厌五月所见的景
厌五月的我们，不愠不火

我说
你厌的五月
被我深爱着
青梅的清香四溢
索玛花的荼蘼，一切如愿

你说
这就是我们的差异
我爱的是你厌的
你爱的是我挑剔的
一切的不搭迫使我们，背道而驰

心疼

你说话时的神情

皱眉时的样子

倚在长椅发呆的背影

看不透你的心思，思绪乱飞

五月不休

我们都在慢慢改变

所有的期望和失望

沦为成长的烙印

变成如今的样子，刻骨铭心

五月不止

穿过你心的我，望见你的

孤寂与不安

六月终将悄然而至

我们也将挥别五月，逝水年华

五月已终

你厌的人走散了

厌的景颓败了

可我依旧看不见你的笑

看不见迎来六月的你的欣喜，事与愿违

五月不眠

将自己丢失在人群里

把自己遗留在花海中

看不见彼此的脸
望不见彼此的担忧，渐行渐远

她的偏执，我的固执

一度，我期待的所有美好
都关于她
一路上，分离那么多
我们却未曾体会过男默女泪

曾经，多想抱着她哪也不去
静候头发花白
明媚阳光下嬉戏，蒙蒙细雨中拥抱
紧握双手直至入土为安

突然，她的双手冰冷
不再爱吃甜
当我轻揉她乱糟糟的头发
眼神中藏着一丝的陌生

她说，太聪明会寂寞
太温暖会依赖
太爱会不舍
太久会习惯，她不愿这样

时至今日，我突然明了
我期待的是她那时的美好
她爱的是我那日的温柔
她的偏执，我的固执，已散落无踪……

你去了哪里

浸在黑夜中
会看见那束光
光会温暖我们
离人终究无奈

我不知风会从哪里冲出来
我不知你会从哪里消失
夏天所有的洪水猛兽
全部压向我，扰乱我的心

牵不到你的手
淋不到那场雨
看不到花再开
也不会吻到你的脸

黎明冲破黑暗
一片死寂让我无力抵抗

光，温暖不了你
从风雨开始，以沉默结束

如今，花开依旧
笑容依旧
一切安好
你呢，你去了哪里

走　吧

一切都是梦幻化而成的
而我，只需你在身边就好
忘了多久未见的你我
已渐渐忘记将心相拥的滋味
我们都知晓
等待，也许将会是一世
转眼皱纹将爬满你我两鬓
怎么的，听见你说，怕了
百转千回，你望向我
想念怎成怀念，你走吧

一切都是你幻化而成的
而我，只想要拥抱着你即可
思念如潮水涌上我的心头
寻不见你的倩影

你可知我心头涌起的苦涩
分离，也许会是一生
瞬间你我都将成路人
怎么了，我们都生疏了
楚楚可怜，我望向你
相爱怎成伤害，你走吧

一切随风而逝
遗留丝丝青涩的鼻酸
荏苒时光赐我的
我终将欣然接受
默默地不再怨我们的分离
不再计较过往得失
不再听从心中阵痛的诡辩
将往事扔进袭来的风中
将你我的情埋在异乡的土里
你还是走吧……

入土为安

纵然现世安稳
许多人仍然需要海誓山盟地存活
我因你的逝去，深感不安
洞察人心惶惶，恰似你的昨日
感情慢慢腐烂，慢慢暴躁起来

你我的生离，造就了我的失眠
深夜的疲惫乏味，不再有人给我安慰
没有脉络的梦，缠住我的双手
我祈求岁月放过我
别让我忘了你的容颜

奈何，岁月给我一记耳光
带走你最后那丝轮廓
在路的尽头，你发香残留
我却无处寻你芳踪
任阳光蒸发掉最后一丝眷念

茫茫人生，荒草丛生
望不见你通透的脸庞
只嗅到泥土的苦涩
听说爱意不及我们的死别
我却只愿，我爱的人，入土为安

下个路口见

当我们不再嬉笑打闹
任凭尖叫划破天空
当我们不再成群结队
任凭马路怎样拥挤
当我们不再说悄悄话

任凭秘密埋在心中
当我们不再轻易哭泣
任凭痛苦撕扯我们
我知道
我们的青春就到这里

不论今后路途如何
坦荡或坚信
不论今后你我如何
幸福或困窘
不论今后岁月如何
残忍或仁慈
我都希望，我们能再次促膝长谈
陪伴我整个美好青春的你们
下个路口见

耳边吹来山那边的情话

阵阵微风吹动着松林
松针簌簌而下躺在脚边
耳边传来山那边的天籁之音
悠长而古老的山歌撞击着心儿
静卧在山间听着这经久不息的旋律
让一切纷纷扰扰远走

突然想知道
山那边是一片什么样的光景
是什么样的人儿唱着这般动人的旋律
是否如我一般心潮澎湃
情话幻化成悦耳情歌
被风吹到我耳边缠绵

山那边的鸟
请把我的思念捎给山那边的他
山那边的路人
请把我的爱慕带给山那边的她
心潮涌动，思念无胫而走
耳边再次吹来山那边的情话

第二辑　生活的命门

作者简介

莎玛雪茵（1968-　），又名罗秀英，出生于四川省越西县，现居四川省西昌市。

火（外7首）

以不同的形式存在
以不同的形象存在
以生显示自身的希望
以死表示沉默的稳定
生成孔雀美如彩虹
死成灰尘烟消云散
生成美丽的红衣少女
死成磷粉荧荧发光
生成一朵红牡丹鲜嫩欲滴
死成液体栩栩如生

春天在哪里

一首歌谣反复地吟唱

无数的记忆从夜里
潮水一样向我涌来
冬天的山顶上
能够飘荡起来的是
一些褪色的树叶
我能够听见的只是
自己的呼唤声
从深山里返回来了

我从雪中走来
还有一些步履
停留在深夜里
被黑暗掩盖了

还有什么陪我一起走过了
走过了飞雪的侵略
除了雪
还有什么是可以融化的呢

是什么封锁了春天的翅膀
是什么让春天走远了

我能在哪里遇到春天的景色
我能在哪里追逐春天的步履
我能在哪里遇见春天的花

留在远处的歌声

终于在子夜
听到了你的歌声
一个沧桑的声音
唱出了草原一样
辽阔的情思

终于明白了
月亮走远了
心也离开了我
在你厌倦之前
选择一首无言的结局
结束了所有的期盼和希冀

你曾经说过的所有谎言
都归罪于我的轻信
还有和我一起期盼的星星
日夜在天空守望

忧伤的歌谣
在那个温馨的子夜
唱给了我的爱
曾经迷茫的心
从你的文字里
原路返回来

歌声停留在子夜
我停留在你的心里
停留在你的诗歌里

雨来过

谁也没有留意
雨是怎么来的
谁也没有留意
你来过雨中

雨在秋天为我
洗去了一生的回忆
谁在雨中等过我
谁在雨中撑着黄油伞
像丁香一样徘徊在雨巷里

雨来过我的旅途
像一些回忆一样
在我的梦中来回
惊醒我的睡眠

这个季节
雨来过
而你终究不会来

所以
我不再等待

高原红叶

阳光离去以后
只有深山和红叶
在遥望着夜幕的孤独
一个牧人
一群羊
走过了从前的红叶
品尝盐水的恩赐

高原上的红叶
在内心独语枯黄的历程
是一个女人的心
在白色的火焰中
抓住了一把时间
折叠在海底

一个冬天
一场雪舞
一颗太阳
孕育着森林的岁月
是女人失落在山中的

一片绿色的欲望

用一片红叶

吹奏爱情

一种意向

一个诺言

一片红叶

是我站在高原上的身影

翻过一座山

我踏着一路的苍茫

翻过故乡的那座山

翻过村庄

翻过了我的童年

很久以前的一个清晨

草上结满了冰

我离开了小木屋

离开了我的伙伴

翻过一座山

翻过我的青春

记忆像一朵云

遥不可及

而今天
只有一路飞扬的尘埃
和彝家的歌谣
飘飞在车窗外

下雪的日子

下雪的日子
我走出小屋
走进辽阔的雪原
雪花翻卷着我的灵魂
雪花铺满了我的全身
我在白茫茫的景色里
放飞心灵

下雪的日子
一片雪花落下来
许多的雪花落下来
还有我的岁月也落下来
随同苍茫的天空
落在旧时的路上

下雪的日子
天空里飘散的雪花
落满了我的发梢

淹没了一些痛苦的表情
太多的雪花
侵略了我的旅途
我走不出一层厚厚的积雪
走不出寒冷的季节

下雪的日子
坐在小屋前
看见一只小鸟飞翔
飞离了村庄
飞离了爱的日子

下雪的日子
望着阿妈的背影
忙忙碌碌的从雪中走过
燃烧着的火焰
映照在阿妈慈祥的脸上
幸福在雪花中翻飞

下雪的日子
我守望一片雪花
飞翔的过程
守望雪花一样飘荡的心
在深山里
和小屋一起寂寞

高原的太阳

从冬日里走过来的阳光
在故乡的山间
淡淡地照着我的步履
随意地停留在路边的林子

落叶在轻风里飞扬的时候
我在心里呼唤你的名字

我站在透明的天空下
让故土的阳光
穿越我的心灵

眷恋远去的时光
在苍茫的山间
深情地守候你
一句无心的承诺

远处
天高云淡
远处
传来阳光落地的声音
在天涯的你
承载了我太多的思念

轻风拂过我的发梢
吹乱了我的思绪
而多少次呼啸
能够抚慰心里的伤痛

在阳光下徜徉的歌谣
渐渐地消失
只有你的声音
与我的青春做伴

作者简介

李云华（1965-　），出生于云南省双柏县，现居云南省楚雄市。

秋　梦

一

秋夜和春夜不一样
潮湿，萧影，看不见灼热的花朵
梦里充满了寥落、恐怖和阴郁
零星和完整的梦
那么偶然，那么难以回避
仿佛不幸的象征
噩梦森严的笼界
甚至容不下我梦醒的希冀

二

所以，秋天于我
才那样难以泅渡
没有秋夜噩梦的缠绕
我不会恐惧暮色的降临
也不会在夜色里躲进我的小楼

祈望太阳的形象
从地平线上跃起

三

有那么一刻
我把睡眠逐出秋夜
我无法在秋夜里享受睡眠
我生命的一半已被秋把握
所剩的一半万般疲倦
也许漆黑的夜浑然不觉
整个秋季的夜晚用无数的梦蹂躏着我
而且是那样得心应手

四

我必须经历每一个萧瑟的秋夜
就像我必须经历每一个春天
虽然秋是收获的季节
可我收获的快乐无法弥补噩梦的损伤
我苦于不能否认自己
我赖以生存的空间
无处不在提醒我
白天存在着，那么真实
而夜晚和白昼叠印在一起

五

当梦见那野性的激流
涌入我生命时

仿佛某种神秘的使命
沉沉而走，伴随着我的挣扎
对此，我的意志显得多么无力
我的喊叫和踢打甚至不能逃脱
重重叠叠梦的魔爪
举起汗淋淋无力的双手
祈祷太阳的影子

六

我终于在梦里丧失了一切
在梦的意志里
我只不过是一个溺水的孩子
我那奔放不羁的情感
也在秋梦里风干，定型
而那属于我的另一半生命
在冥冥中
接受梦的洗礼之后
才觉阳光的真实与温暖

作者简介

李粉仙（1968- ），笔名羽丹，出生于云南省蒙自县，现居云南省蒙自县。

我的村庄，我的粮（组诗）

玉　米

面对玉米
我从来都是怀着敬意
像敬仰脚下的土地

是玉米喂养了我和乡亲
因此我们的筋骨
才得以发达坚实

从玉米长出两片叶子起
我就与父母耕作的锄头
跟随着它拔节的声音
许下对土地忠诚的诺言

玉米高高矮矮
背包戴缨的俏模样
足以让我的乡亲
穿过一大片的浓绿
抚摸到绯红的希望
也让我的童年灿烂在
串串玉米爽朗的笑声中

冰雹打过的玉米

没有理由
一场冰雹突如其来
袭击那片玉米

顷刻之间
希望在春夏的交界
撕破成丝丝缕缕
可怜的玉米
无法不重复着
祖先经历的伤痛
掩面流浪的茬茬身影
在风的呐喊中千回百转

远方的地埂上
农人的目光切切呼唤
玉米唯有奋力用绿意
缝合着创伤
弯腰　起身　弯腰
在风里雨里

一株株正在扬花的玉米
把一叶叶时光枯萎在脚下
棒子戴上红帽
在烈日下与伙伴相互凝望
勉励着走在成熟的路上

秋天的雁声里
冰雹打过的玉米
高举着金黄饱满的手臂
向守望在埂子上的目光
敬礼

喀斯特上的荞麦

我见过的
最卑微的庄稼
莫过于荞麦

它们也是父母
最信赖的食粮

向阳的山坡
背阴的薄地
父母随手一撒
便像放养自家的孩子
任其疯长

没听过荞麦的抱怨
只看见过
它努力拔节的样子
像是要与太阳白云交谈
像是要摆脱劲风暴雨的纠缠
以至于身边的杂草
没有机会攀到它的肩膀

荞麦开花了
老远就看见
一大片笑脸
攒动在山地上
同样动人心魄
同样是
蜜蜂喜欢的“新娘”

稻　子

我父母一生最尊重的庄稼
山里的日子
好坏的标准多半是
被稻子握在手里

一苗一苗的稻秧
父母用躬身的姿势
虔诚地插入泥里
一排一排整整齐齐
像是规划幸福的生活

泛青　拔节　抽穗　灌浆
每个细节
都没有离开过
父母的双眼

作为回报
最尊贵的庄稼
稻子成熟的时候
总在我父母面前
谦恭地低着头

石　洞

因为一个洞
它成了我的村庄

父亲在世时
是护林人员
守着一坡一坡的松林
固守村庄的灵魂

那时的乡亲
物质很困乏
却很守规矩
起屋盖房
总是在指定的山梁
砍柱伐椽
砍一棵，种一棵
因而村庄盛满安详

父亲去世后
一阵风也接踵而来
强劲开启
紧锁多年的村庄
也磨快了欲望的斧头
砍伐漫山遍野
金属掠杀木质

惊悚回荡在深谷
松树生长的地方
露出了大片荒地
长出了殷实的玉米高粱

而今
我的村庄
每天拂晓
总能听见
住在村庄的神灵
还有天堂的父亲
在为村庄叫魂的声音

作者简介

吉胡·阿莎（1966－　），出生于四川省雷波县，现居四川省西昌市。

致比利时的云（外4首）

云淡风轻　行云流水
壮志凌云　风卷残云
过眼烟云……
白而无瑕的云
我幻想着你
进入梦境……

我要着陆了

往返　奔波
一个时空的穿越者
亲情　友情　爱情
一位爱的执着追求者

那失去与得到的说
“虚空　虚空的虚空
一切都是虚空”
真实的诱惑与谎言
凝视窗外

爱情敌不过血缘
友情敌不过利益
嫉妒　羡慕
恨恶　欲望
深深埋藏心底的丑陋
人人需要救赎
更加需要重生

星空浩瀚　缥缈
讲述天堂与地狱
我畅游宽敞的蓝天

我要着陆了
在大海的这边

古典的缪斯

古典的缪斯
诗一样的美人

古典隽永
冰雪与火的黑夜
你的红唇
你的眼眸
你的端庄典雅
大方　高贵　冷艳
你使红色睿智
使黑色有尊严的性格
白色不可拒绝的黎明
只有你
古典的缪斯
诗一样的美人

深情的吻

欧洲大陆
三月春光乍泄
野地小花痴迷

草地上
弥漫温婉柔美

你火热的双眸
期盼着
在巴黎街头

浪漫主义的梦幻
与深情长吻

我骑着马儿

三月
我骑着马儿
散漫　慵懒
在英国的乡村路上

天空阴冷
万籁俱寂
是谁在田野里歌唱
深情的歌声多么熟悉
像我凉山彝族表哥的声音

心已飘过重洋万壑
多想骑着马儿
飞过英吉利海洋
与你合唱一首
我们当年的情歌

作者简介

陈阿依（1965-　），出生于四川省昭觉县，现居四川省西昌市。

作为彝人（外1首）

作为彝人
我神灵的祖先由天降圣火而生
智者居木借木柜逃脱了肆虐毁灭的洪水
洒落在毛毡裙上的鹰血养育了英雄
神箭一次次瞄准过炎炎烈日
用锅烟灰合着禽血镌写在羊皮上的经文啊
解读了无人能及的半坡陶土碎片
阿史拉者的金铃声响彻在我
年迈而苍凉的千里大小凉山

作为彝人
我有自己的太阳历和二十八星宿
族的足迹遍及云贵川和越老柬
不偷袭的磊落和不杀绝的慈悲
却都含蓄地束在天菩萨上的英雄结里
历史故事交给《勒俄特依》而智慧写进了《玛木特依》

红黄黑的色彩描绘了我对这个世界的理解
叮咚的月琴和撩拨的口弦表述着我对大山的眷念
黄油伞和红毡裙宣泄着阿惹牛的情怀

作为彝人
我感恩着狗尾巴带来的种子和天赐的茫茫林海
依仗瓦板屋垦种荞麦穿毛麻饮山泉
火葬的习俗归宗于氐羌
高鼻深目卷发印证着古老的雅利安
毕摩诵经的吟唱和舞蹈是最华美的语言
尔比尔吉让我如此能言善辩
十斗不做一顿吃无以待客的诚挚
阐述了我大山的性格和豪迈

作为彝人
我的锄头已经开垦不了荒山
火塘边那古老的传承文明即将不再
百褶裙察尔瓦被时光裁剪得走了样
我很久以前就背离了空气清新泉水清澈的高山
青砖白墙已经颠覆了木头瓦板
泉水调和的燕麦只能想起来还让人垂涎
刻在木牍上的文字还有几人能识读
子子孙孙不知道谁是支格阿鲁

作为彝人
我神话般地跨越了千年的历史
而今踯躅在现代化的边缘

非自然的进步和勉为其难的同步
如同厚重的文化和浅薄的文艺的交集让我迷失和困惑
曾经翻越大山的骄傲已经被沦落都市的卑微扫荡
山寨里听不到牛角号山峦上见不到熊熊火炬
祖祖辈辈给太阳和火塘涂抹的脸庞啊
而今已经给污染的烟雾侵蚀得泛黄

作为彝人
我自小就刻苦接受了汉文化
而今面对母语我却茫然地失声了
我还依恋那坨坨肉和辣子鸡的唇齿留香
可我仍然只能吃着回锅肉和白菜汤
我早就脱掉了披毡穿了裤子还想穿旗袍西服
我却没有想过用闲钱去购置一套本族的着装
汉人说我是彝人彝人却说我是汉人
我不知道自己被什么混淆了

九　月

从来就没有
流不干的泪水
夏天顽劣地哭泣
抚慰和淡褪了
预备的嚣尘和汗水
余留抽泣

让秋风朗月

如此清丽

空气尚未干透

细细地滤进纱窗

把秋天的阳光镶嵌进

雨帘诱起的新纹

如此恬静　忧伤　梦幻

思绪飘进了那些芦苇

又高又白又稠

日子的滴答

交还给永恒的秒针

让秋天慢点走

我不能言语的景画

已在内心的一针一线中

编制了天方夜谭

无论外面的世界

作者简介

天珠（1973- ），出生于四川省美姑县，现居四川省西昌市。

忏　悔（外5首）

佛祖啊　请原谅
原谅我借踏雪之名
将一壶断肠老酒
冰藏于雪域之巅
原谅我不是蹲拜的佛莲
无法在你的座前流连
原谅我不能将梦摆渡到彼岸
而让一个季节反复沉沦
更要原谅我不经意的题联
玷污了那张张泼墨的宣纸
还要原谅我借忏悔之名
祭奠一个孤独的灵魂
最后　还请原谅
原谅我不够强大的内心
无法在涛声中辽阔

原谅我犯下的所有罪恶
只为让私奔的灵魂安宁

诗人走了

初夏泛起的闷热撩起浮躁
我需要用一杯茶来关闭纷乱
然后对着一些生命肃然起敬
为他们的来　为他们的去

那一年　海子走了
走在一片惊愕中
当诗人选择让列车碾过自己
碾过最后的村庄以及一本圣经时
他的世界是否真的春暖花开
为此　我在无数个雨夜陷入困惑
当“正是黄昏时分/无头英雄手指落地”
再一次回旋在空荡意识之内时
我开始相信诗人的确死于精神
能将死亡形态预埋在诗句里的人
其精神早已以另一种形式重生
那些留下的诗魂以及死亡偈语
令数不尽的心瓣为之腾起
我毫无例外地敬畏着诗人的所有
包括那个黄昏

汪国真走了
在这个毫不起眼的日子
诗人依旧走得风生水起
几代人的惋惜与质疑
几乎同时席卷各类躁动的神经
网络、媒体　甚至没读过诗人作品的人
纷纷嚷嚷着评判逝者
仿佛不述几句世界就不知道他的存在
连守门的老头儿为此也冒出一句深刻的话
“王正国是以商养诗的人”
我不想问谁是王正国
却分明听见了自己的笑声
以及汗毛破皮而出的吡吡声
我相信这个年代
不仅造就卓越的人同时盛产奇葩
就像某些诗歌随便组合几句关联词
就能影响你判断天使与魔鬼的差距
更何况言论自由的今天
谁会真心顾忌他人的安宁
而在昨夜　我终究还是未能脱俗
在一片蟋蟀的鸣叫中
我忍不住打开台灯下的评说
忍不住朝茶杯里滴了几滴墨汁
瞬息间　属于诗人的平易和超然
便浮上水面　于是
那些不会有皱纹的诗歌

清新而又寂静地滑过指尖
缓缓铺开在我的每一寸肌肤……

凝浓而幽深的雾里

一只山羊潜入我心脏
将腐烂的霉叶植入血液
于是　我身中剧毒
气息开始飘离身体
远处　暮鼓落进我蜷缩的梦里
宛如隔世烟花　指引着通往天际的路

梦似苦禅　心如浮萍
倘若这是一场不能醒来的梦
我愿意默然安静地离开
这样就不必归隐山林
也不必皈依佛门
在梦魇之下　在灵魂之上
掩埋这身清寂的皮囊吧

时光悠悠　梦亦幽幽
一只早燕啄开一双空洞的眼
透过窗帘　我还原一些残景
原来　三千凡尘终无法化作梦
还是按捺住一颗怪异的心

低头写下一些庸俗的句子吧
说不定在日后的某一天
会成为镌刻在岁月里的一束光

不　惑

这一刻
风不轻　云不淡
镜子中的容颜
以及即将被时间淹没的记忆
点燃这脆弱的火种

奔腾的血液熄灭了
我如一根蓝色羽毛
细数破碎的时间

那些曾经簇拥过的金色岁月
如今都葬在了这镜子里

还有那些剪不断的炊烟
注定成为生命中最浓的色彩
伴着我的来和我的去

根骨之殇

自从选择不同的根骨作为支点
我注定绕不开尊贵的血液
绕不开祖屋前的茅草坡绕不开
一本家谱和一只叫拉约的狗
自从毕摩掷出去的鸡头朝内
四周便响起脆裂的声音
背对着火塘我无察觉
仍将虔诚高高举过头顶
仿佛这种姿势能换来幸福
而屋外的雨一直下着

我拼尽全力想要改变的规则
其实早已藏在一条羊的内脏里
那黑色的预言就像毕摩手里的羊皮鼓
带着惊人杀伤力四处追赶着我
所到之处全是羊皮鼓划破的伤痕
我只能选择拖着长长的黑夜丈量
丈量一张契约和火塘的距离

自从所有预言都指向那张契约
无论我是直立还是爬行
无论我多么卑微地呵护着拉约

无论我是多么矜持地站在巅峰
仍然会被嘲笑淹没
我只得像一株人人唾弃的罂粟
躲在与世隔绝的角落偷生或死亡
……
自从选择不同的根骨作为支点
我注定流离失所……

胡言乱语

正午的阳光很刺眼
屏幕的亮度有些相形见绌
坐在光的正面
我看不清具体的事物
一切开始抽象
只见一双手　朝雪白的墙面
涂抹一些怪异的颜料
似黑非黑　似红非红
这让我想起卧夫
那个没有毛病的好人
带着超乎想象的脱俗
带着谜一样的选择
把自己永久性地镶嵌进

怀柔的某坐山头　那几日
他是否真的落荒成狼
是否也看见过诡异的图腾
抑或像我一样被幻觉强制着
也许　我该一找条狼问问

作者简介

张国艳（1974-　），出生于贵州省六枝特区，现居贵州省六枝特区。

让我在秋天的河流上坐着老去（外5首）

转眼光阴，秋天到来了
在万古不变的时间里
一念一刹那，日子厚重了起来
我忘记了春日的梨花雪
忘记了夏天的栀子花与梅雨的季节
日子和日子重叠着秋天的稻香

风轻叶落，秋风叫醒的秋天
轮回了一季又一季
恰如秋风后的白茶山林
夹杂着松针落叶般的记忆
恰如丰收过后的田野大地
只余下淡淡的青黄痕迹

难以描摹秋天的味道及气息
在时光的洪流里我逐水而居

我依然有钟爱的书可以读
我依然有很清新的茶可以品
我那静静的心房有几许小小的期待
让我在秋天的河流上坐着老去

一个人的秋天

日子一直过得没心没肺
太阳懒了
风凉了
雨冷了
秋天真正地来了

日子总是阴晴不定
人有时活得懵懵懂懂最好
在这个收获的日子里
眼里生出落寞

无数个春天
总梦想花开
结果不实

一个个夏天
总和文字纠缠不清
以为自己早已练就

金刚不坏之身
没想到仍是瓷瓶

一个人的秋天
与春天有太远的差距
差到骨骼粉碎
还要带着微笑面对世事

心在秋风中搁浅
眼泪顺着季节流下来。
霜露的日子
细数月色弥漫的灵魂

王者归来

他，犹如一粒火炭
炙痛我的思念
烧焦我等待的心
他更像黑夜里的黑夜
见不到的神
让人望穿秋水

他，是我今世的爱人
前世爱我的王
捏我心脉的人

时时刻刻，分分秒秒
出现在我
每天想念的光阴华年里

他，有星一样的眼眸
月一样的冷清淡泊
他似干柴，在烈焰里
燃烧在我，小小的心上
我的梦里
在白天和黑夜里
锻打念想的伤

他，给我一个又一个
温柔的清晨与黄昏
他，让我每天在星光里醒来
又在黎明中沉睡
寂寞的头发长到了脚踝
遍体苍苍的人
终等待到，王者归来

醉在异乡

今夜，我醉在异乡
在魂魄写尽的水上
烈酒烧伤的疲惫

绝望地与李白说杜康
那孤独的皮囊
瓦解红尘灵魂的力量

今夜，我醉在异乡
醉意中幻成梦的天堂
流出的眼泪与星光
浮华生命的无尽凄凉
那闪烁的霓虹
烈酒，消磨想家的忧伤

今夜，我醉在异乡
满喉的甘露
那高粱酿成的小酒
几棒玉米灼过的泉水
注定是孤独的饮料
再也回不到田野的故乡

踏雪而歌

今夜，我踏雪而歌
雪花飞似梨花白
覆盖整个城市的风霜
澡雪精神地等待圣洁高飞

今夜，我沐浴和更衣
我要换上如雪的白衣
把炉火燃烧成整个春天
燃烧如墨一样温情的诗篇

今夜，我把自己轻轻放下
绽放成咏雪之慧的样子
恣肆的文笔潦草簌落成字
雪练静悟，一夜忽白的光阴

今夜，我回味和老去
白雪融化最舍不得的时光
呼出雪一样洁白的空气
萤窗雪案，贴到在大地上

今夜，我纵马千里之外
与一树梅花幸福地相聚
雪胎压住梅骨的时光这么薄
冷韵幽香，怀抱整个冬天老去

冬日的大雪

冬雨弥漫着整个城市的日子
大雪纷飞，寒冷撕裂的声音
贴近皮肤和体温的棉袄

安然存储好冬天里的温和
南方与岁月同时苍老又苍凉

在大雪任性包裹着的冬天
想起春天，桃花色泽的明亮
爬满在思想游动的气息里
消匿的是时间，默然的是安好
浅浅的梅花瓣香气送到我面前

此时，记忆也可以刹那的留白
此时，烙印在时光的模板上
一场大雪重度一个人的来回
给予我温润和欢喜的寂静人生
此时，清泽的阳光已守在窗外
在我棉衣上，一片金黄的暖色

我依旧可以，一遍遍回味人生
我依旧可以，有很多的奢侈和想法
久困可以轻易换回来的平和
譬如，冰凉又安心的荒废思想
譬如，被年华消磨掉的深爱目光
与大雪一样，停歇疼痛的悲欢和机缘

作者简介

蓝狐（1975—　），原名李锐波，出生于云南省蒙自市，现居云南省蒙自市。

暗夜的紫罗兰（组诗）

白　鹭

湖水淹没了昔日
他们曾漫步过的小路
燕尾草和曼陀罗
如今
他们站在一条新的堤岸
向下俯瞰
玫瑰色的水波
田野上，白鹭、白鹭
在这凤眼莲盛开的五月
它们又回来了
带着理性和永恒的光

春天的清晨

如此欢畅，鸟的啼鸣
哦，一粒粒滚动
但无形的珍珠
当阳光照亮幽居者的
窗棂
紫藤那星星般花朵
闪耀、闪耀
在这样一个春天的清晨
有谁？不陶醉于自我
燃烧的火焰
像杜鹃、海棠
像那纵情歌唱、带翼的
黑天使们
谁不希望进入那快乐且至高无上
的天空的圣殿
飞舞吧，像金色的尘埃
且沉溺，如水边的那喀索斯

昙华山小记

也许，整整一个冬天
我们都在阴郁且漫长的时光

中度过
而现在，世界仿佛着了火
到处是怒放的马缨花和楸树
金色的野蜂轰鸣
在那玫瑰色的氤氲雾霭中
云杉也会歌唱
我们漫步，不停歇
哪管命运的小径，落叶如雨
我敢打赌，这样的癫狂绝不亚于
阿尔勒的凡·高
与此同时，就在这春天敞亮
的殿堂，人们正赶往山谷的某处
那里，松涛如雷
那里，我们的毕摩将摇响
祈愿的神铃——
多么古老而迷人的一门艺术
他果真能召唤百鸟，并把人们的
爱情占卜？谁知道呢
我所知道的不过是这样一些时辰
阳光，闪烁如梦

白　鹅

鹅群抖动那柔软的白丝绸，同时
歌唱、歌唱

一束束滑动的光，或花朵
在缓缓的流水之上，在倾泻的
黄昏中
此时，你是否感受到它们正携带着
那久违的爱
经过芦苇，小河
涌向你，不再警惕或隔阂
用长而优美的颈，发出一种你所熟悉
的呼唤与气息，当你迈着野鸭子般幸福而
迷茫的细脚杆，终日无所事事地
游荡于湖边、田野
在秋日闪亮的空气中，想想是什么
正在改变你，使你充盈
并懂得在倾听中想象和思考
这多么重要
当太阳不再漂浮，万物进入长长的黑夜
想想又是什么？去而复返
像雨、闪电或其他，在半梦半醒间
并确定，一切正以你所期待的方式发生
并进入永恒

暗夜的紫罗兰

暮色四合，我尚未来得及看清一只鸟
是怎样滑过我的窗口，它已消失不见

天空，更空洞了
预报中的雨或许已下到了别处，我想那应该是
一处紫罗兰盛开的地方，如果我早一点醒来
也许会看见落霞当孤鹜齐飞

当黑夜缓缓地吞吐着群星，我更愿意一个人
在与灯火的对峙中，隐秘呼吸
并聆听远方的雨继续敲打那一串串冷色系的紫罗兰
而此时的空气更加疏朗，没有丝毫雨的征兆
是否总有一处地方，与你南辕北辙

在北方

飞机
掠过滨海上空
发出巨大的轰鸣声
东航，南航
哪一架，飞往云南

我在津河的第三座小桥上，朝南方仰望
在桥体的一块石头上，用手指反复写着云南
我在遥远的北方
操一口蹩脚的普通话，望着筒子楼发呆
听港口的船只呜咽，猜哪一朵是家乡的云

天空，晴朗

想起聂鲁达，想起《疑问集》

“伏特加和闪电调出的鸡尾酒，该怎么称呼？”

我想大声说

云南，云南

作者简介

师立新（1970- ），出生于云南省文山市，现居云南省昆明市。

古夜郎莫国（外5首）

风里只剩下传说　在我来时
所有的辉煌已谢幕
天边泛动古铜色　旧旧的　很沧桑
秋天的末梢打开经卷
久远的吟诵　一声一声
传来

光阴堆砌　那段粗犷的石墙已磨出沙砾
我的血脉在找寻源头的基因
或彝或苗或仡佬的族宗已无定数　先人让玄机不可言表
战国而来的时长漂白韶华
古夜郎莫国凝重成一个神话　忽闪无形

惆怅陷入古驿道　啃噬我的脚步
中水遗址无声摊晾
陈年的多少目光游离　寥默

烽火延绵处战旗猎猎
一场繁盛提着无名无氏的魂灵消失
与落日　走了

反复徜徉　在古夜郎莫国
我翻动角落的蛛丝马迹
回眸　有边地往日荣光和万千杀戮
还有鸡公山留存至今的奇异稻粮

身心奔波　文字疲乏
我纵横穿梭
司马迁的《史记·西南夷列传》到古彝文《指路经》
迷离扑朔如云
在秋意的暖阳里
扬一缕孤烟　淡淡有痕

道之道观

——威宁凤山寺

钟声清幽荡起　从这座山间
我的肉体瞬间轻得没有分量

用信徒的虔诚
安静叩首
听阳光落地　脆出神语

我笃信因果不空
把此生与隔世的修持塑为莲花

道的准则　观的姿态　寺的名字
六百多年的清静　摆在云下
我举头三尺之上
坐满神明

草海的水拙朴安宁却已悄然得道
沿山势攀缘的苍翠是暗渡的
修真
我不知所措地敬畏着
漂浮在正知正见中
祥和绣穿道观的院落
沧桑无度
但　道法弥弥

修　持

看阳光挂满果实
布依鲁克河峡谷中
绵柔的斑斓装扮葡萄
安然　静坐
一枝藤蔓上诵经
影子退到云里入定

不需木鱼梵吹

修持　最终

以水滴状的剔透

抵达禅悟

火焰山

年少时

和书中玄藏西行

与你相遇

高僧受难我亦受惊

暗伤　不能自已

取经的人骑马走远

我滑落山中　没有皈依佛门

砂岩灼灼

很男人的粗放热情万丈

选你做蓝颜

同歌一曲

多少传说就燃烧成大红的火焰

马蹄声已得道

超度了百里山川

飞鸟绝痕处　禅意当空静音无尘

艾丁湖

一段吉时　月色如水
我来得不早不迟

月光像处子的模样
停泊在我与湖的心底
艾丁库勒　神赐的月光湖
宁静　无声　纯澈

放下牵挂
和山风一起静止
在这片没有尘埃的天地
我把焦虑隔离进世俗
湖水渐行凝固　听得到每一颗盐粒结晶的微息

月亮轻轻消度夜空
碱蓬草密集对艾丁湖的虔诚
静谧的世界洞察天象　法术弥弥
临水而立看时光上行下溯
虚妄累叠

何来何往世间无解
我艰辛的生存
被一面湖水　道破

彝尊酒

用苦荞用苞谷用龙泉水　土法
酿清亮的小曲清香
只喝一口
彝家传统酒火辣我的心头

夕阳下　在龙的疆界
彝尊酒开始絮叨
一个民族的行程从这汁液旺盛
阿哥阿妹跺脚舞翻腾了家园热血

酒入胸怀就万马扬志
儿女情长　英雄悲壮
土司盛衰过曾经的帝王
举杯对座　无论斤两
几句长吟一曲酒歌
史册深深浅浅泪水潸然
指尖有魂灵汹涌　山风万象

我的文字醉了　贫乏潦倒
彝尊酒的王朝已掠空遣词造词
在最后一寸诗意消遁的唇边
风沙皆退　春光拂面

作者简介

邹燕（1978- ），彝名沙玛阿依，出生于四川省金口河区，现居四川省金口河区。

山里的嫁人女（外2首）

阿妈带着我们穿过瘴气氤氲的森林
在凉山坪上起舞，阿妈的手像坡上的荆条
把庄稼和儿女磕磕绊绊带大
阿妈的手和嘴一样漏风，她将蔑视和痛楚深埋
母亲和家传的羊皮鼓一起典当给了
长着黑桃树和李子树的山寨
我记得篝火燃起的时候
坡上的花在很凉的夜里悄悄开放
我有一张只说母语的面容
在祖先面前我不敢说出叛变
那个打台球的小伙子
经常骑着马驾驭黄昏
在这样黑的夜晚你怎能摘下月亮
你想怎样做我的奴仆
凉山的荒草匍躺着深深的悲伤
你路过我家微弱的灯光

我不知道，我不知道
我家树梢就挂了你的马鞭
徒手拍着马儿像团火
今晚你会在峡谷过夜
酒会把你灌醉，我的荷包会把你吵醒
你把荷包捏着，就像捏着了我的后腰
我打笋子也走那个方向
我牧羊子也走那个方向
那个方向像石头那样寂寞
索玛花经风一吹也朝那个方向微笑
经过一棵老树，就是你住过的旅馆
那里曾是我们丢失青春的地方
把房子筑在悬崖，那就是我们的天涯
把雪留住，你能打一张兽皮回来
在寂寥房子里，用火塘塞住灌风的墙
这一屋子炊烟，就是我的嫁妆
向一垄麦地坦率我的乳房
把那句谚语存放于我血统纯正的内心（子宫）
我的孩子们经雪水一泡
凉山就长得硕壮而蓬松
用山峰斜下的一束夕阳把山扎紧
勒出山泉勒出岩松勒出峭壁铜质般的风霜
把羚羊、豪猪和山鸡
叫男人一起搬上神灵的马车
从羊皮书上逶迤而过

我只要我们爱到死亡

望着凉山的土埂
它们是围着凉山的一道道土墙
心中的神灵能否拧亮
土生土长的村庄
岩羊经过泉水流过
豆荚角还在胡搅蛮缠
泥路延伸着方便了神灵和云落脚
种烟的土地和村庄，羊头看守着母语
木板房成为祖先的荒冢
那年李子树花开出我的十八岁
我歌唱满地的洋芋花
我歌唱牛羊成群
我歌唱打情骂俏
我歌唱着凉山的月光
我歌唱大山里的喜怒哀乐
哥呀，你有本事就娶我回去
我不要彩礼，我只要索玛花的欢笑
吃你家的荞粑也当盛宴
喝你家的泉水也当迷魂汤
柏杨槐树扭起一石头和月亮磨成风
我要把你一身穷骨头揽过来捂成青冈成林
待我点燃希望和光明的火
我要放牧神话
我要为你做好泡水酒

我要在火塘边夜夜等你归来
我的男人，请你抛弃你的沉闷不语
我只是一捆带刺的柴火（像一坡的苦荞）
做你今生柴干火旺的婆娘
我要把我的腰身藤一样缠在凉山
蚀空我们年轻的骨头
我只要我们一起爱到死亡

夏　天

阿妈，女人的腰肢
遗落在古道上的铃铛
还有瀑布或吊桥
它们夜夜摇晃
山的月光在梦里撒开四蹄
却填不平梦中的凹凸
推开窗子，空空荡荡
一切和我想象的一样
一个低头走路的男人
把他的背影与风一起拧干
夜夜晾晒

作者简介

蔡四梅（1975- ），出生于云南省大理市，现居贵州省道真县。

尘世的空亡——废墟（组诗）

马王堆的夜（历史废墟）

飘走的河流
河谷里只留下一个传说
丹书铁券没有记载
圣人回到家乡
依然吃着野菜
喝着稀粥
音乐里
那个穿金缕玉衣
与王同葬的女子
已经成了守望历史的魂

圆明园的哀伤（亡国废墟）

提起你的柔情
兰香似乎还在迷茫着
大清王朝后宫的花园
你娇娇弱弱的
一笑倾城　再笑倾国

一把火　烧掉一个国的尊严
谁都不敢相信
最后一个王朝
最后一只苍蝇的离开
不是因为那堆已经风干了的战马的马粪

雅安一瞬（地震废墟）

大地在颤抖　在摇摆
度量一幅画的重量
和人心的距离
只一瞬
就倾塌了无数人希望的大厦
和脚下的土地
一只小手

还捂着笔出现在我含泪的眼眶
一个个成长着的生命
定格在风景里
扯痛万亿人的心

老去的亲情（亲情废墟）

越来越不熟悉家乡的人和事物
越来越不知道回去该如何面对
曾经是亲人的人们
随着称呼一年一年的变化
一不小心
我从“娃娃”级升到了“奶奶”级
许多孩童叫不出名字
许多熟悉的玩伴
早已各自成家
岁月老去的　不只是容颜

对于亲情　也将老去的我
于故乡而言
是一个远去的老故事
打动不了故乡的一根小草
年深月久　一定会被遗忘

老地方（情感废墟）

你说以后你会在这里
为我披上红纱巾
你说以后你会在这里
解开我的麻花辫
你说以后你会在这里
许下和我天长地久的愿望

二十年了
这里人迹罕至
这里已经长草

我在这里等你
我在这里徘徊
我在这里
把一生做成一首想你的歌谣

飞鸟早已经绝迹
我还在等你消息

作者简介

丁丽华（1973— ），出生于云南省元江县，现居云南省元江县。

生活的命门（组诗）

一

天空绽开一片蓝的时候，我从遥远的地方放牧心灵回来
白云一朵接一朵地盛开，家乡的桃花已开了三两朵
雨水在春之前抵达，麦苗正青
那株几百年之后又重生的小树前长满了车前草
我看见了你，提着一柄锈迹斑斑的斧子走进森林
已经没有什么是我们无法抵达的领域了，各种颜色的花都开了那么多年
就像一阵一阵的风过之后，蒲公英就撑着小伞四处安家。我也需要一个家
它不必繁华似锦，有简单的家居用具就好
园子里的向日葵托着花盘长啊长，孩子说那是向日葵的家，它有许多的宝宝正在成长
我等你从森林里回来，不用带着猎物，送我几枚青橄榄就可以了
日光西斜，牛羊早就归厩安息。天还未亮，鸡就打鸣了，你还没回家
又有传奇般的故事在四处滋长了，这个世间最不缺的，就是故事

二

清明之前准备好了许多话语，如果这世间上没有人聆听
那我就与神明或者鬼魂对话吧。我捂着一颗随时想要逃窜的心
在匆忙的人群里晃晃悠悠的行走，诚如你知道的一样
这些年我过得那么辛苦，一点也不敢忽视生活的馈赠
我曾经想要成为一只飞鸟，候鸟也可以
越冬之前我把身体将养好了
和大伙一起飞去另一个可以避难的地方
我也曾经想过去实现孩提时的梦想，养一厩的猪一院的鸡和满池子乱游的鸭
用松明点燃灶里的火，甑子里还要蒸一碗黄澄澄的土鸡蛋
天要亮的时候我起床更衣出门，到田地里劳作
只是我离故乡仍然那么远，远得即便我在地图上用手来量
怎么拃也拃不完

三

清明回家的途中，姐姐在路边采摘了石榴花，红艳艳的花瓣
像我盛装出行的唇，我还有一袭只穿过一次的红裙子
那时候我还多快乐啊，仿佛经历过的四十年日子，都轻盈得
像一片片花絮一样。转眼回家，石榴花仍红艳艳的却早已干枯了
一朵菊花也在同一时间里凋零，那是院子里唯一的一朵菊了
紫苏正疯狂地长着，夜香花的香我已经渡植给了旁人
我过早地在夜里睡去，不再用长长的时间守候那些让我寸断肝肠的场景
我承认，这种表白过于严重了
可是就在这春天，我遇见了许多死亡和离别
一枚石榴花和一朵菊的消逝，真算不上什么
去岁清明，你还守在我的身旁
如今这一日，你成了我要祭奠的唯一理由

四

夏天漫长而热烈，我怎么也躲不开去，还有该死的紫外线
尽管如此，我还是要去看花，各种鲜花以及植物生长过程中盛开的花
在云南南部，在这座距省城仅只有两百里地的小城里
在这座四处都是高山围困的小小平坝里，鲜花盛开在每一个季节
我把生活想象成一幅油画，色彩深浓撩拨不清
又把它唱成一首歌，歌名叫《不要怕》
从中去体味一点点的幸福，这些幸福要负责打败生活里所有的苦
我闻着花香行走，躲着阳光行走，在夜里盛装出行
去爬一座山，探一位故人
去看渐渐老去的乡亲和村庄
四月才开始，就要结束了。我还要去看我的兄长
要和他说许多的话

五

我穿上了裙子，颜色鲜红的长裙子
现在我总是穿裙子，喜欢各式各样各种颜色的裙子
偶尔化一点淡淡的妆，描眉，上眼影，擦像石榴花一般红艳的口红
我的头发还有没有长长，生孩子之后，我就没有把头发养长过
我坐下来写诗，身后的榕树绿绿地撑起一片浓荫
想象中的生活那么温暖
我穿着裙子坐在你身后，你载着我穿过大街小巷
经过一家家商店，再经过几家冷饮店
你停车去给我买冷饮，你说老甘四家煮的面最好吃
并且在深夜里为我端来一碗面放在我面前
我并不孤独，我只是寂寞
寂寞的夜里在风的怀里寂寞地入睡

六

我在阳台上种植花草，阳光充足水源充足
它们长得那么旺盛。我支起一口锅炒酱
把生活打开一个缺口
风长长地吹来，火苗徐徐溢出
香辣酱的香味在空气里散开
其实我更喜欢尾在你身后，穿过拥挤的人群
穿过许多菜摊，有目标地去寻找自己想要的菜蔬
比如一棵新鲜的白菜和鲜红的辣椒。生活的手一把一把地抓住过往
我们就那样坐在一家小店里，一起喝一碗豆浆吃一根油条
过简单的生活。有时候我自私地挤占着你的时间
你一直都微笑着不说话，但你的眼神里有爱
我怎么会看不懂

七

有时候我就醒着睡在床上，看着光洁的脚丫
看着天花板上装了些小虫子尸身的白色灯罩
夜晚无情却也多情，细细的总听见那些若有似无的呻吟
人与人之间的欲望，已降至零点
我的窗台上被我种植了一株炮仗花，正兴致勃勃地生长
我幻想经年之后它爬满了我的窗子护栏，我倚窗而立
把一片曾经缝在上面的故事轻轻摘下，还有那一晚的月光
轻轻地，流三滴汗珠子一样的泪
往昔就被时光之手过滤了，那首歌响起
风起了，雨下了，荞叶落了，树叶黄了
春去秋来，心绪起伏，时光流转
岁月沧桑，不要怕，不要怕

八

那时候，我来看样房

窗外的凤凰花开得那么热烈，好像整个夏天都融在一片红海之中

我多么兴奋啊，这是我想要的

我拢了拢衣袖，摘下帽子

就在这里要生长出一个温暖的家，它是我全部的希望

我的孩子正在我温暖的子宫里

不久之后她将要出生在这个新家里

初为母亲的惶惑和不安随时撕咬着我的心

漫长的炎夏里，子宫一天一天地扩张

一个神奇的小生命正在创造另一种奇迹

我唯一能做的就是等候，等候这一段人生的岁月穿越生命的屏障

让生活变成另一种模样

九

我坐在没有空调的房间里，背着一身黏黏的汗珠子

翻看过往。哪一段历史都没有重复过，我哭湿的笔记

多少年以后还有印迹。那些当时的流行歌曲

都重新在心里走了一遍，所有的歌词啊所有的曲调

都如扎根的树一样长在心底里。齐秦的狼头不知是否依旧

孟庭苇的雨后彩虹，在傍晚的天空升起

我在房间里来回地走动，又泡了一小杯茶

要在这个午后做一个大胆的决定：冲出去，冲出去

很多年前的一个深夜里电波里

给我指导人生方向的那个磁性的声音已经遗忘得差不多了

你从一开始就撒谎骗我，其实对于一个真诚的人

你骗了有什么意义呢

十

我以一种重生的方式开始生活
并适当地运用了隐忍逃避那些迷人光华里
不属于我的幸福。那是一只小小的箱子
装过一些简洁的幸福和简单的悲伤
箱子已经老旧得承受不起任何重压了
我怕孩子不懂事的重压和任性的摔碰
我比珍惜孩子还要珍重它，尽管我知道它收藏的不过是一些
没有实在意义的故事。天空都换过多少道蓝色了
风车悠悠地转着，父亲躺在床上不能动弹
生活仿佛要变成一片悲伤的海
可我仍然每天忙碌地微笑着
我大胆勇敢地嘲笑宿命里的馈赠

作者简介

阿生车久（1981-　），出生于四川省喜德县，现居四川省峨边县。

织布机（外2首）

发现它们的时候
是在那个废弃的杂物间
厚厚的灰尘下凄冷的面孔
如被打入冷宫的皇后
全然被世界遗忘

曾经如雄鹰展翅的织布刀满目沧桑
曾约定白首不相离的梭子
已离开很久很久
羊毛搭建的经纬线
离开木桩后，生命也枯萎
曾经走在彝人时尚前沿的察尔瓦
在砖混结构的墙壁上呻吟
同时被遗弃的
还有父亲拿来搓边须的竹子
轻轻一碰，怨声四起

绿茵茵的草坝子
跳动的经纬线，跳动的孩童
木具建起的织布机
一头系在木桩上
一头挂在母亲的腰间
母亲的腰一摇一晃
织出的布，白过头顶的云
孩子的手东拉西扯
布上的手掌印，比脚下的泥土还黑
温暖四季的，就是那些被孩子摸黑的布

劣质的绣花衣
廉价的披风
盛行在村里
刺鼻的胶味溢满空气
我看见墙上的察尔瓦
和杂物间的织布机
终于露出笑容
几许嘲讽
几许无奈

自此远走

还来不及吃完那小碗炒苦荞粒
头盖已经蒙住惊愕的孩子

来不及品味苦荞粒的回味甜，
送亲的人扶起已成新娘的孩子

亲朋留在身后
道不完的别离，说不尽的祝福
至亲至爱的父母
是忙忘了，还是忙累了
居然错过了最该嘱咐的时间

夜深冷，云暗沉
马蹄声起
汽笛声起
惊醒了夜鸟鸣声幽怨
恍惚间，挡风玻璃上倒映母亲流泪的眼
和父亲背过的身，还有躲进云层的月

山风隐藏在第一个路口
一并藏起的，是说好的追随
撵路的小花狗独坐村头
一并落下的，是说好的陪伴
父亲的手电筒只照出自己的身影
月亮再次照在母亲如弓的背
新娘首饰挤撞清脆的声响，远去了
自此，他乡是故乡
故乡是他乡

山　野

三锅庄，是彝人可携带的火塘
Y型木架上铝锅咕噜作响
烹饪的食物是最古老的
专属于森林的味道

山泉、森林、鸟窝、花海……
一群城市的小孩
遇见了人生第一场豪华盛宴
奔跑、追逐、嬉闹、寻觅
这群独居的小孩
体验了人生第一次放肆狂欢

我们有饭、有肉、有糖、有饮料……
我却看着牧童手中那块发黑的荞麦粑
和烧煳了的竹笋蘸白盐
垂涎三尺

放眼远眺，惊讶于奔跑在山间的阳光
舒展双臂，惊奇于可以拥抱的春天
看到一颗老树的年轮
把时间瓜分得零零碎碎
收藏于树心的轮轴

早已拼凑不出我完整的昨天
瞬间痴疑
偷听春天给山花许诺一场浪漫
我也给明天许了一个盛夏

作者简介

赵禹超（1989-　），出生于云南省大理市，现居云南省昆明市。

城里公主的乡土情结（组诗）

奶　奶

木门开了
奶奶一抬头
就把山寨的梯田
摆出来，交给我耕种

奶奶的额头
稻花，覆盖我的脂香
还见麦浪，翻滚
原来，奶奶与土地
那样亲近

火塘边，试图把巧克力
给奶奶尝尝，烤茶的土罐

却挡住我的手
在奶奶的味道里
巧克力，会是馊味的吧

奶奶用土罐茶
把曲曲折折的故事
烤了又烤，非常耐看
看得我呆住了
一刻间，失去描述能力

爷 爷

秋季走过来，牵住我
多年前的一个秋天
爷爷背着猎枪，穿着羊皮褂
戴着那顶油腻腻的遮阳帽
哼着高低不齐的山歌
走进遥远天国，把朗朗的笑声
种植在我的记忆深处

猎枪，是爷爷的命根子
枪不离身，走到哪
背到哪，晚上也要靠在床边
为爷爷守候梦境，一杆猎枪
被爷爷超想象地珍惜着

爷爷把呼吸交给老屋
远走了，家里就按彝家风俗
给他配送一枝木头枪
形状像机关枪，比猎枪
神奇多了，好让爷爷
一路上虎狼无阻

爷爷在世时，我只是
他手中一枚木陀螺
经常被他玩得飞快地旋转
我像芭蕾舞者，用脚尖
唱歌给他听，有时
爷爷鼓掌，有时爷爷跺脚
有时，还情不自禁地放声吆喝

大三弦，在爷爷手里
像寓言里的小白兔
比人还精灵，把彝山
弹成一座座会唱歌的森林
乐曲，像一碗蘸水
调味着遥远的彝家山村

想起爷爷，就用诗句
怀念他。我永远想做他
手中的木陀螺，让日子
不停地旋转。还想当他的大三弦
让岁月，继续歌唱

外　公

外公用猎狗一般的速度
奔跑着，进入七十八岁
渐渐把自己的身体，弯成一把弩子
弦，却开始松弛，射不出箭
每天，晒在阳光里
不时发出一些零散的声息

外公坐在暖阳下
望着酒瓶，羡慕地摇头
被鸟笼中的野鸡油子
鼓动得脚抽筋。外公睁只眼
闭只眼的时候，就像过去扣动猎枪
扳机前的那个姿势
从容得能够让猎物一枪毙命

外公的青春神韵
留给澜沧江边的一面面山坡
禁猎之前
外公就是山神的化身
逼得马鹿四处突围，麂子无处藏身

地当床，天作被
眨眼间，熬过了大半生
如今，外公把所有回忆

交给阳光发酵
呼吸还存在，弩箭药的药力
就顽强地凸显着作用

身体弯成弩子形状的外公
每一夜的梦境，就在犬吠里
生生不息地醒着
依我猜测，他守得住暮年的寂寞
却害怕这种寂寞。他的表情里
透着许多不易察觉的怒气
那是年轻时容易外露的性情

外　婆

每年一度的布谷鸟
还没开叫，外婆
就怎么也坐不住了
青木林村，那些锄头
在她心里发痒

面对土地，外婆很任性
撒娇，撒野，撒泼
由她随意嬉笑怒骂
大小麦穗，荞子，水稻
是她哄睡了又喊醒的儿女

一季季，不让土地空着

苍老中，外婆
依然用脆生生的山歌
与画眉鸟对唱
逗得白鹇鸡在深箐里
一个劲地发出和弦

外婆，用颤颤的音调
唤着在天国的外公
有镰刀，外婆不孤单
有山歌，外婆不寂寞
有收成，就看不出外婆
心中的那份失魂落魄

作者简介

所体尔的（1983-　），汉名陈晓英，出生于四川省喜德县，现居四川省喜德县。

别捆绑我（外6首）

从清晨至夜晚
我可以在一列列火车的嘈杂声中睡去
对于满街的人事不着一字
对着厚厚的阳光
我感到满意
但少有赞美
我对所有的人无怨言
对这片土地我保持着相当的缄默
我永远不会对人述说生活的苦痛
谁热爱谁，为时过早
谁将是谁的命定，还为时过早
我从不轻言所谓的感情
时光草草过了山尖
我的目光沉至尘埃

那里潮湿　俱黑　阴沉
还有我无尽的暴躁　愤怒
无人知晓
无人明了

沉　默

我怀抱她如同石头
胸中的一团火
我绝不倾吐
唯有吞噬

树影飘散
秋天落寞
大地是冬季最后的祭坛

不要怨我
我将获得最深的馈赠
宽恕即是一种飞升
我不说伤痛与苦难
背后跟着风的帐幕

天　空

整整一天
风呼啸着穿过树林
远处
沙粒带着阳光的羽翼
漂浮在河谷的涛声中

层层山峦
黄金满地
无人捡拾
人们将之视为秋叶
秋叶就是秋叶
不能变硬
饱满如同额头

我瞥了瞥天空
蓝透过万物
不吱一声

整整一天
我给予她的仅是这一瞥

寂静如同一只鸟

她悬浮在纱窗顶上
如同清晨的那一只飞鸟

她静静地待了很久
没有等待任何人
风拂过松软的羽翼

她睁着明亮的双眼
她不怕我
没有任何的恐惧

她没迈步探寻
隔着轻且薄的距离

她没有鸣叫
她飞去
不曾回首

她掉落进树丛
潮湿的味道弥漫

我的心“咯噔”一声响
石子落地

敲击竹杠
轰鸣了然

甚　好

这是甚好的天
这是甚好的地
没有比这还甚好的岁月

我如水穿越阳光的隧道
这是甚好的跳跃
羽翼上摆放好洁白的花朵
金色的芒飘荡于手心
向着山冈
向着苍翠的林路
水珠子滴滴答答
好听的声响甚好

你走在路上
见小孩的追逐欢打甚好
没有谁受伤
亦无谁哭泣

安静的影子睡在枝头
她的心也甚好

做针线活的女人

她有着浓郁的地域色彩
她携着清晨的雨露
风的耳坠
奔赴在生活的高地
她看着天空不吱一声
她踏着土地缄默有序
她的眼神夺目
胜过春叶
更似黄金的秋叶
她披星戴月
走在阳光铺就的道上
她哈哈有声
又静默如水
她背对时光
摆弄一块方布
爱与美的天堂自然莅临

老姑娘

山里有一棵很老很老的核桃树
结着很老很老的果子
核桃树下坐着很老很老的老人

他对着很老很老的山头讲着一个很老很老的故事
很老很老的故事滑过很老很老的河流
来到很老很老的山谷
很老很老的云雾卷起很老很老的故事来到很老很老的天空
很老很老的天空就下了一场很老很老的雨
很老很老的雨轻轻地拂过很老很老的泥土
很老很老的泥土长出很老很老的草
很老很老的草顶着很老很老的露珠
很老很老的露珠放射出很老很老的阳光
很老很老的阳光拖着很老很老的胡须很老很老地走过田间地头
很老很老的他抬起很老很老的眼睛看远方
很老很老的远方站着很老很老的姑娘
很老很老的姑娘啊
老得太不像样子
老得啥都不像
只像索玛

作者简介

吉伍子琪（1986-　），出生于四川省盐源县，现居四川省盐源县。

部落使者（外4首）

沿着深深浅浅的足迹
一路返回
沿着长长的家谱
一一叩问
打听从历史的彼端驮来的
盐　大米　布匹
还有回响在远方马匹的铃声去向
将那沉甸甸在梦里
灿若钻石的部落文明
沿着长长的岁月藤条
一一采摘
天黑以前沿路返回
把世俗的恶魔抖落
毕摩已经等候你多时

一位彝人

——致邱志江

大口喝酒
喝的是彝人自古至今奔涌于血管的浩瀚江河
大声说话
说的是坚硬于身后山崖的彝人的躯干和骨架

以一位彝人支格阿鲁后代的姿势和体态
活跃在人群中
哪怕臃肿
直至汗水淋漓全身　滴入脚底

以一位彝人德古的眼眸
万物在他的舌尖旋转成一个个星球
妙语滚过风霜雨雪和雷电
在偌大的宇宙屋里
淹没接踵而至于我们周围的尘土

风从文昌故里吹来

——致朱月

风从文昌故里吹来
叫醒睡梦中金沙江畔的黑夜

空气中的异味
连同手里的杯子
一起游荡在一种叫酒的液体中
思乡的情怀
悄无声息地溜进手中的杯里
让谁整夜舔舐着它
一只不安的杯子破碎的声音
如同播放中的留声机
戛然而止
这一夜　又失眠了

山里的孩子

山里孩子的肌肤
裸露在风雨中
沐浴在阳光下
彩虹为它化着淡淡的妆

山里孩子的步伐
行走在山尖云端
踏碎的清贫苦难
在他们脚下呻吟

山里孩子的笑容
穿越群山和云层

明朗了眼前的乌云
谱写出一首首激昂的诗篇
温暖着阿妈的心

山里孩子的眼里
跳跃着简单　豁达
诉说着不屈的顽强
勾勒着一幅幅纯真的画卷

荞麦地

关于荞麦地上
那些忙碌的影子
渐渐成为身后的风景
那些丰收的喜讯
模糊游离的瞳孔

金黄的荞麦地
藏匿多少烂漫往事
包括我的童年
几度流沙岁月　荞麦地
把悲伤埋入地下
把美好拉得更远　更远

有一天　我会回去

回到那片颗粒饱满的荞麦地里

挥舞那把被岁月磨得光亮无比

锋利无比的镰刀

割下那片金黄的思念

连同所有的美好一起背回家

作者简介

邕粒儿（1983- ），出生于四川省九龙县，现居四川省九龙县。

心如雪花（外4首）

卧床的日子是
稻草尖上的梦
昏迷般苏醒
——被刻在未来

在无尽的
弧度里摇曳

我们——
两根
并排的叹号

仿佛荆棘
不可碰触

先　知

乌鸦的叫声
像穿黑衣的
坏消息
一条狗宛若在哭泣

而我更愿意看到
一块路边的石头
像一粒念珠
风儿绕着它
赤诚如佛子

最　爱

贡嘎神山
那顶
白帽子
从未摘下

折多河畔
美人蕉依旧

站在镜前

我常常觉得
那人是你
永远
和我相守

溺

我爱你如骨缝

我爱你如
皮肤上真挚的褶皱

从高山到平原
到天空
我们
刚拉开序幕

崭新的血液摇晃在秋千上

追　思

蓝天折断了翅膀
伤了昨夜的鹰

一滴泪坠落草尖
点亮深夜的酥油灯

我在悬崖绝壁上
挣扎生命
哭泣生命

命运的温床
埋下我最深的爱
就在2015年6月的
那个夜晚
我失去翅膀
失去了永远

第三辑　风里的背影

作者简介

海秀（1988-　），出生于四川省盐源县，现居四川省西昌市。

请带走你的回忆（外6首）

如果你非要走
别带走那座山
我想它不愿沾染城市高楼大厦的气息
你最好也别带走那条河流
他不想与城市污水同流
还有山间的野花
它可不想在城市散发出病态的美
你更不要带走山里的姑娘和小伙
他们可不愿在城市的牢笼里失去自由的生命
如果你非得带走点什么
请带走自己的回忆
让你的余生不至于腐烂

错过的故乡

当我错过了故乡一年又一年的冬雪
错过了一季又一季的花开花谢时
我知道我真的失去了故乡
当我的母亲头发花白
再也无法拿起绣针
我的父亲无力拿起羊毛剪的时候
我知道我真的失去了温暖
一个人走在城市的车流和高楼间的时候
回忆占据了上风
让我迷失在昨日

埋　葬

从未如此害怕太阳落山
温暖背后的寒冷是否更加刺骨
我曾千万次地渴求着你的温暖
即使光芒无法照亮我的世界
我却仍然不停在黑夜里找寻月光，在星辉里寻找你的光影
直到那天
我终于明白你连光影也不愿施舍我一点
我在无边的黑夜中颤抖
世界从未如此冰冷刺骨

就像此刻
太阳依旧西去
即将到来的寒夜会把我埋葬

大山恋人

你迷人的眼眸深邃有力
穿透厚实的山峦
横断奔腾的河流
扑向我心灵的湖面
你甜美的笑容朴实爽朗
冲破宁静的夜晚
淹没灿烂的星辉
融化我内心的冰山
你羞怯的话语真切动人
越过银白的雪山
流过广阔的荒漠
点燃我内心的爱火

夜　语

我走在强烈的阳光下
我走在喧闹的人群里

我走过叫卖的市场处
我走进奢华的卖场里
我用我独特的语言
试图生活在这个属于我又不属于我的城市
即使只有一个人能明白也好
在千千万万
万万千千的人群来来往往中
没有人意识到我的存在
我默默地，默默地
走向我自己的世界里
然后静静等待夜的归来
夜灯与月亮相辉映下的街道
似乎比白天更让人觉得舒适
夜总归是来了
我开始使用我独特的语言独白
我把最美的话语献给月亮
我把最美的话语献给星星
我把最美的话语献给苍穹
苍穹下的夜语
找到了自己

逃　抚

杯中酒我未曾抿
但我已经微醉

路边街灯未曾晃动
我的双眸却闪耀着泪光
那微妙的情之旋律
也曾偶然打动我的心

今夜我的世界狂风暴雨
那丝柔情被狂风卷尽
雨水冲刷过的，我的半裸露着的心
我分明看见那道伤口还在滴血
演奏着血与雨的交响曲
这交响曲叩击我的心
质问我的灵魂

我开始逃离
远离你的世界
拒绝你的柔情
躲进泸山的脚下
让邛海的浪抚慰我千疮百孔的心
披上用月光编织的那件防卫的轻纱
保护我柔弱的躯体
大凉山山脉宽厚的臂膀将再次揽我入怀
温暖我那冰冷的灵魂

魂　归

我拖着我将死去的灵魂归来了
木屋前的黑狗请不要用凶狠的怒吼来迎接我
我的灵魂虽已奄奄一息，但她还纯洁
邛都的月亮请用您洁白的光芒，擦亮我浑浊的双眼
我想用清澈的眼眸仰视蔚蓝的苍穹
领略您的柔情

我美丽的阿莫
请再次为我堆起高高的荞麦杆
我要与您同眠在星辉下，荞麦堆里
听您讲述那英雄祖父支格阿鲁的故事
领略他的风采
我要与您梦中再会美人祖母呷嫫阿妞
目睹她的美丽容颜

大山啊，我的母亲
请用您山巅之雪水洗净我一路的风尘
然后为我换上美丽的百褶裙
请为我盖上黑色的羊毛毡子
让我的灵魂在您的怀抱里长眠

作者简介

石里（1997-　），出生于四川省美姑县，现居四川省西昌市。

送　灵（外2首）

外婆的身体在后园燃烧
祖神在我的泪与梦里寻得寄居之所
那烟升向哪
外婆的故乡与镣铐
背离与生存
隐忍与不弃
都升向哪

当田地里的幡旗落地
当毕摩们的眼睛闭上
我也便睡下吧
梦里我仍可拥抱外婆渐老的笑容
那里有大片的玉米地

苏尼的鼓却在这时响起
“可别睡，别让灵魂随逝者归于尘土”

母亲纺的羊毛线浸着泪
系住我的脚
“逝者请往祖神相聚之地，逝者请往
逝者请往
生者勿从
生者勿从”
我听见这片土地的过往

生母之河

热浪又袭来了，远在西南的，生母之河
我无处躲藏，无法解渴
如鲁米所说
我的体内，有一尾不知满足的鱼

我饮过了汉人的河流
她蜿蜒在东亚久久思索
赐我深远，赐我厚重
赐我“仰观宇宙之大，俯察品类之盛”
我爱

我饮过了波斯人的河流
美索不达米亚的身躯因她而焕发生机
她赐我平和，赐我仁慈

赐我“谛听福佑，如何丰盛地掉落在你的周身”
我爱

我也饮过了日耳曼人的河流
波德平原仍有她的跃动
她赐我冒险，赐我自由
赐我“希望是不幸之人的第二灵魂”
我爱
……
然而我终是干渴模样

唯有回归你，生母之河
我的心血方得安宁
我的追寻方得明晰

唯有背负你，生母之河
我的悲戚才会散去
我的路途才会无憾
因我体内的鱼，以你为家

未知之神

仁慈的未知之神
我的深爱
你不言语

我就会坠下去

如一粒土，陷入洪荒

你的存在，是我的切痛

你若迷失，我便被掏空

那求你

就这样吧

带我高高地跳起来

把我丢进天空里

砸碎在石原上

融化在沧海里

我的珍藏将变得广大

求你

在某个喧嚣的晌午告诉我

说：走吧

我便自然地跟着你去

融化掉

也变成未知

作者简介

千山松颂（1989- ），出生于四川省马边县，现居四川省马边县。

春的舞姿（外3首）

三月的尾声
在一场春雨里
四月的起身
在三月的尾声里
春天的舞姿
在夜晚的雷声里
与雨同舞
与雷共鸣

三月的尾声
雨声不再滴答
耳旁响起的是猛烈
是狂热
熟睡的河流被雷声惊醒
无意间浪花朵朵
丝巾漂流

雨声太美
春姿优雅
一串串珍珠铺满大地
我的思绪
飘过雨织的帷幔
我舞蹈着的脚步
迈向远方
忘却了三月的心声
正在感悟四月的雨声

风里的背影

我的情思骑着风的翅膀
任光阴在指缝间悄悄溜走
七彩的世界　突然暗淡无光
火热的夏夜顿时冰冷如冬
远处蛙声不停地弹拨我的心弦
让我迟迟不能呼喊
你的名字

又是曾经的那个梦境
似梦非梦
又是当年的夜半钟声
让我痛彻心扉

我要收拾一切爱恨情愁
我要打包全部分分离离
系在今夜的灯影的某处
任它飘远

一声雷响
雨又大了许多
风也猛了一些
连同雨声一起滴落的泪水
是为黑夜里的闪电而不舍
还是为静夜的那一声雷响

风里那背影渐行渐远
却没有带走一丝
我们的回忆

月夜的思绪

夜已深深
月儿高挂在夜空
月光沐浴着大地
树林与湖水
城市和村庄
都在安详地酣睡
唯有你的面孔时隐时现

夜已深深

故乡的影子在月光里浮现

阿妈温暖的怀抱

阿爸慈祥的面容

犹如一幅油画铺展在夜空

静静地躺在夜的河床

一片相思的叶子

在月光下游荡

一枚触景的圆点

在诗笔下流淌

眼见与感知

我看见过天空的颜色

——它很蓝

我看见过湖水的颜色

——它犹如蓝天

我聆听过春雨的心声

——它优美

我聆听过布谷鸟的心声

——它犹如春天

但我不能

——不能感知

它们本身的感觉

当雄鹰飞过蓝天
我羡慕它翱翔的翅膀
——优雅的姿势
当鱼儿游过大海
我羡慕它自由地游动
——舞动的身姿
但我不能
——不能体会
它们本身的感受

就如今天
众多双眼之中的我

我所见的一切
带动我思维的想象
以为它们的感觉
——是我心中模样
其实——
真的不一定

作者简介

阿库乌芝莫（1992- ），出生于四川省美姑县，现居四川省西昌市。

向南而鸣的北方（外1首）

隔山望了十八年
隔水等了十八年
隔梦守了十八年

从一株南高原的索玛花被移植北方开始
从树根上再也甩不掉的黑泥土开始
从每一次修剪都带着血的呻吟开始

从灵魂深处潜藏彝人祖先的崇拜开始
从杆杆酒里生长的梦想开始
从一切幻想都带着讽刺开始
从所有遗失都无法找到开始

从羊皮鼓敲打出的千年神秘中从未找到的答案开始
从三色的漆器上刻写的彝人历史开始

我是彝人——我是彝人——
当一切死亡都带着微笑
当一切回归都带着忧郁
当所有的眼泪都失去支点
我依然不屈不挠
我依然将自己永不变更的信念与根
从十八年后的北方再次深深地扎回最初被移植的泥土
我最亲最爱的诺苏属地

一杯毒酒

不知不觉我们都吞下了一杯毒酒
此刻毒性已经漫布全身
各种器官也面临着瘫痪

毒性发作前
我们很想留住彼此的容颜
可是岁月不懂风情
将我们划清了界限
遗憾最后也没能看到你一眼

一杯毒酒洞悉到灵魂的丑陋
一杯毒酒把我们从痛苦中救赎
（这杯毒酒够浓够烈，感谢你的赐予）

作者简介

俄木妮空（1994-　），学名赫小群，出生于四川省德昌县，现居四川省德昌县。

疑　问（外2首）

是谁剥夺了你的睡眠
让你在这黑暗里如此不安
是那在山冈遥望的阿妈
还是在岁月缄默的阿爸

是什么霸占了你的睡眠
让你在这黑暗里如此沉默
是那月亮高挂的凉山
还是燃烧着火把的族人

是谁统治了你的睡眠
让你在这黑暗里如此无奈
是那风一吹就漂浮的相思
还是雨一来就瘦巴巴的生活

是什么影响了你的睡眠
让你在这黑暗里如此忧伤

沉　沦

我梦见了一朵野花
在夜里思索着绽放
伸出一片坚固的花瓣
托起一个生命的奇迹
找出一片柔美的花心
绽开一个灵魂的美丽
抑或在一个美丽的早晨
灿烂地盛开在阳光下

月亮悄悄消失在夜空
宁静的山寨传来鸡鸣
布谷鸟做着鸣叫的姿势
播种希望的季节啊
野花在破晓天里欢呼

月亮又悄悄爬上山头
世界宁静而安详
野花只是睡了一个白昼
忘记了绽放

我又梦见了那朵野花
在夜里思索着绽放
满足地困在想象里
最后枯死在春天的尾巴上

目　送

时间在暮黑之前抢走了春天
我那凝神的仰望
竟是一场离别难舍的目送
写在诗里春暖花开的梦倏然无处告别

与花平分春天的天真
在难言的失落里舔着伤口
梦境像山风一样逃匿，日子
被我的脚步摇荡成一个个迷宫

风口，夏天的味道在我发间弥漫
空无一物而无法安慰的我呵
只得目送又一个春天远去
连同在年轮里又佝偻了的背影

作者简介

罗志英（1997- ），出生于四川省峨边县，现居四川省峨边县。

归　来（外4首）

她陪着一杯孤独的美酒
让自己睡去吧
尽量不看到着火的天空
那样多好　枕着一张情书
用尽了墨水的笔
书写冬夜没有温度的日子
凝望枯木上的鸟散场了
它们的羽毛飘荡天空
南飞的大雁衔了一根去

蒙娜丽莎的梦

也许明天
一只迷路的大雁带走了

她曾烧焦在梦中的信
摇摇曳曳　半梦半醒
也跟着它离开了
只剩下她泛黄的身体　留在达·芬奇的纸上

在梦中
她向着千山暮雪怒吼
本没有眼泪的女人在抽泣
回响的维也纳旋律　刺破耳膜
那似曾相识的　似笑非笑的面容
化为一场雪醉死在三界

孤独的刺骨的阳光
在她的身体放肆地游览
上帝对她说了个谎
她是没有灵魂和眼泪的傀儡

王的诅咒

让大地的河流崩溃吧
干涸的河床　用万物的血液去填充
土壤里安乐微虫　你们睡得太久
该是用锋利的兵器赶尽杀绝的时候
梦见另一半宇宙漂流的轨迹
我们属于物质存在性的源头

当尘埃卷袭时空
你的灵魂在空泛的隧道哀号
我们将在黑暗的昭告下撕裂

秋天里的情话

我只是一个音符摆
独自低鸣在这落木萧萧的季节
你若听见这余音
用手心迎接摇落的叶露
听听它的凄美的倾诉

山　夜

将一切掩饰在黑暗之后
只剩丛林中夜莺的哀啭
凉风萧索的声音
一张草床
一把快熄灭的火
几个疲惫得将入眠的人

这一晚，没有大雨的打扰
夜更是放肆地撒下万籁俱寂的网

甚至让我听到了
耳旁尘土飘游的动静
和心里掉落的残渣

我走出帐篷
一轮残月
冷峻地注视着人世间的沧海沉浮
将凄寒的银光灌满山林
与凉山融成一把寒光闪闪的匕首
刺入心头

来到火塘前
寻着一点未熄的温暖入睡了
我梦见
黑暗开出一朵黑色的花
夜跪在黑花前祈祷黎明

作者简介

木从阿莎（1987-　），出生于四川省甘洛县，现居四川省马边县。

绑　架（外2首）

我被婚姻绑架了
爱情是唯一的赎金
可什么时候
我会等到那个
凑足资金的命中人

侍　卫

爸爸是你固若金汤的城墙
妈妈是你最忠诚的贴身侍卫
夜再黑暗，宝贝请安然入睡
城墙侍卫会守护你完美的梦乡

死于冬夜

冬夜
凛冽寒风
刺穿了心脏
醉汉死在
孟获拉达街头

零落的银杏叶
你不用向他道别
死就死吧

异乡客
天下之大
何处不是长眠地

彝人
只需要一把火
一本指路经
就会化作一缕青烟
回到孜孜普乌

多情的黄桷树
请不要再飘零七彩泪
让他静静地离开
当我从未来过这片土地

作者简介

伏羲（1991- ），本名杨芳，出生于四川省盐边县。

爱在心口（外2首）

二十二年前的一个夜里
有一个孩子即将来到这缤纷的世界
上帝保佑这次会是一个男孩
因为他的妈妈已经生了两个女儿
在那个重男轻女的年代
没有人会期待即将出世的是个女孩儿

二十二年前的一个夜里
有一个孩子哭着来到这神奇的世界
或许是上帝偏爱这个女孩
她成了妈妈的第三个女儿
在那个没有人期待她到来的家
她蜷缩在妈妈怀里　感知到的只有妈妈的爱

二十二年来
女孩在这美丽的世界茁壮成长　阳光　坚强

她能说出十万个理由不爱她的爸爸　姐姐　还有弟弟
但她永远也找不出一个理由
不去爱她的妈妈
妈妈是她永远不说爱　却最爱的那个人

二十二年了
这世界的纷扰已教会女孩从不轻易为谁流泪
但在千千万万的人中
只要提及妈妈为这个家的付出
她的泪腺总在瞬间崩溃
她对妈妈的爱　永在心口

孤　老

有人议论着
木头先生有点疯了
他总是在黄昏时分来到公园
呆呆地坐在长椅上
如果玩木头人的游戏
没有人能赢得了他
木头先生喜欢把故事讲给风听
先生有只猫　不花　全黑
喜欢偷听木头先生讲故事
先生和他的猫住在一栋红砖砌的老房子里
相依为命

先生给猫卖最贵的牛肉罐
喜欢把猫抱在怀里
像对自己的孩子一样

木头先生唯一的亲人
是儿子每个月寄来的钱
他习惯把钱随手丢进门后的鞋柜里
像把垃圾扔进垃圾桶一样
然后去抱他的猫
木头先生的儿子还小的时候
喜欢吃牛肉罐
喜欢听木头先生讲故事
喜欢木头先生抱着他
他很小　需要木头先生无微不至的爱
那时候木头先生也不像木头
而是年轻　风趣
和儿子相依为命

木头先生的儿子长大后
越走越远了
最后
再也没有回到木头先生身边
他能给自己买牛肉罐了
能给自己买新的房子
甚至　有了自己的家人
他再也不需要木头先生的爱了
红砖砌的老房子里

只剩下木头先生
又是黄昏时分公园的长椅上
木头先生怀里抱着猫讲着故事
猫从不离开木头先生
有人又在议论着
那可怜的老头已经疯了

我的心　是无法靠岸的船

我是一片海
一片没有深度的海
我遇见狂风
卷起我心浪　无比澎湃
我是一片海
一片没有边际的海
我遭遇黑暗
远处的灯塔　是我的执着
我是一片没有永恒的海
我的心
是无法靠岸的船

作者简介

德勒菹玛（1992- ），出生于贵州省威宁县，现居贵州省威宁县。

乌撒[1]女人（外1首）

您美丽的容颜
在岁月的吞噬下渐渐
老去
您绚丽的青春
在忙碌的劳作中悄悄
流逝

在天未撒白，鸟未鸣唱时
绵竹箩筐里早已跳跃着
沾满露珠的木叶
那是您的
——早工
当月亮爬上树梢，鸟儿都已熟睡时
暮色下山腰间依然蹒跚着

① 乌撒：彝语地名，今贵州威宁。

一背厚厚的麦草
那是您的
——晚工

您不曾后悔细腻的手
变得如此粗糙
不曾抱怨柔软的腰
变得如此僵硬
——您微笑着
又叹息着——

对您说
一生很短，不要那么认真
您微笑着回答
日子是虚的，自己安心便好
可您不曾发现岁月在您
眼角划下的痕迹是实的
鬓角那缕秋霜也是实的……
那沧桑
刺痛的不仅是眼睛
更多的是心……

也许您早就知道
那样蕙质兰心的女子
怎么会不知道
岁月吞噬了的容颜
劳作流逝了的青春

可，知道又能怎样
——孩子，家庭，生活
您只能微笑着，隐忍着

岁月依旧在流逝
您
——依旧如最初般美丽

距　离

入夜，无眠
习惯留半扇窗
让城市的春
送来几缕缭乱的风
尽管我讨厌这种轻挑
它还是越过窗台
掀动着床帷
肆意地掠过我的身体
浮动我过肩的发
扫过我的脸，我的臂……

不仅仅是风
城市的霓虹
透过飘起的帷帘
照过我的脸

凌乱的发
散落一壁
我的额头，睫毛，鼻梁，凌乱的长发
随风，随光
时隐时现

伴随我的不止它们
还有疾驰的车轮
穿过隧洞
号叫　呼唤
载着我的梦
奔向远方

瞬间，呼吸急促，心跳加速……
帷帘又被掀开
墙壁上
凌乱的长发下
依然可以看清我的轮廓
可，此刻的梦
早已远去，远去……

作者简介

乌鸽（1991-　），出生于四川省越西县，现为中山大学民族学研究专业学生。

石　头（外4首）

给我一块石头
从山的骨头上取下的石头
给我一块石头
给我掉落在母亲的裙摆上的那些石头
我需要石头
给我一块石头
哪怕是一粒石子也行
诸灵皆睡　诸灵皆弃我们西去
给我石头　我需要石头
石头搬进我身体的时候
我才是我

致诗歌（一）

一个世界，借着真理的名义
癫狂，呐喊，沉痛，呻吟，迷醉，情话
鲜血，在已经搭好的祭台上
虚弱的拥抱着最后的生气
贪婪，在燃烧的火堆里积聚着
没有格律和规矩可循的字眼
所有的一切
堆砌成一堵高高耸立的城墙
最后的一首曲子，是一个牧羊人的高喊
高耸的山上，低沉的嗓音
一声就叫破了另一个世界的大门
另一个世界
将悲伤和痴狂刻在盲人的双眼里
那是最直接最粗鲁的真理
最美妙最低俗的音乐
来自人们内心
直抒胸臆

致诗歌（二）

远离那些字句
含了太多少女的泪

远离那些字句

含了太多无谓的悲伤

远离那些字句

含了太多做作的快乐

要远离一切写自人手的字句

将镣铐套在手上

让快乐快乐

让悲伤悲伤

扔去日神的破车，丢掉酒神的破酒杯

从此有了自己

想　念

站着或坐着

两个身影互伴左右

即使距离　在这里划出一条银河

只需几秒

我就会　跨过银河的距离

倚着你的肩

靠着你的背

与你相依

心　情

谁能说出我此刻的心情呢
或你　或他
只要谁能说出来
我就愿意与他共享我的秘密
一些开心的事情
一些担忧的事情
一些烦恼的事情
一些你们都不知道的事情
一些属于伯牙和子期的事情

作者简介

拉布阿玲（1997-　），出生于四川省峨边县，现居四川省峨边县。

雨　夜（外3首）

我将要死在一场雨的深情里
即使我生于三月的一场雪

我把小丑脸上的斑斓擦去
在黑暗里照一面镜子
想要认识镜子里的那个人
在黑色里他启唇问我是谁

太过纠结一场雨的到来
或许没有意义
重要的是这场雨来了

而你不要和我讲话
明天太阳就出来了
我们去等一朵花开的气息

甚至在一场秋风里
拾满兜的落叶
我们还可以去三月等一场雪
好不好

她只是一只猫

她把利爪收进柔软的掌
安静地走到每个黑暗角落
让老鼠在黑暗里现形
掏出尖爪
听一颗心流血的声音
然后
安静地陪一具尸体坐着
黑暗里两只眼
一改白日的迷离
射出两道强光
透过厚墙砖
指间摩擦火星
焚烧所有
高举火把
然后看他熄灭
在一场灰烬里

想飞的鱼

我总觉自己　像一条鱼
一条想飞离河的鱼

可惜　我没有力量翅膀
我把尾巴当作了翅膀
向上跃离河　自由

只在岸边
可是缺氧让我差点死去

所以　我挣扎　却回到了河里
寻了一个石窟窿
住在里边

是　谁

十几年前
她将我带到这个世界
或许　那是我　赤裸裸　一尘不染
或许　那又不是我　是他们　一声叹息

下着雪的夜
她将我拥入怀
或许　那是我　对这个世界的无知　不懂伤悲
或许　那又不是我　是他们的欣慰　继续的理由

那段日子
我在背篓里长大　和锄具一起
或许　那是我　拥有和他们一样
或许　那又不是我　是他们肩上沉甸的生活

那一天
他拉着我的手　走进校园
或许　那是我　和他在地上写写算算
或许　那又不是我　是他唯一的抬头

现在的我
或许　就是我
双眸里　有着故事　心中有着世界
或许　又不是我
和过去不同的　一尘不染
似浮萍

她常问我　你是谁
她答　很多人

作者简介

阿力么日牛（1993- ），出生于四川省普格县，现居四川省普格县。

我是彝家女，我不会做饭（外2首）

请把我名字写在家谱上
男人们惊讶于这话语
包括我父亲
而我也惊讶于他们的惊讶
仿佛这是多么可怕的忌语
女人们向我射来异样眼光
包括我母亲
呵，女人
你生下所有人
你用乳汁喂养所有人
你为什么不敢承认自己的伟大

你看
荞麦地上
孩子坐在红黄黑色背带上，玩树蛙
日出日落

女人弯着腰用镰刀
荞麦花开花谢到结果
那个男人都在村子闲逛
一圈又一圈

你看
洋芋地里
孩子坐在红黄黑色背带上，玩泥巴
日出日落
女人弯着腰用锄头
洋芋花开花谢到结果
那个男人都在村子里喝酒
一瓶又一瓶

你看
山坡上
孩子缩在红黄黑色背带里，玩母乳
日出日落
女人弯着腰变成一个点
摇摇晃晃
动的只有背上那捆柴
从开始到结束
那个男人都在村子里打牌
一局又一局
我就想问一句
你为什么要隐忍
如此甘愿

丰盈的豆蔻少女去了哪里
满脸故事的少妇比比皆是

来吧，呐喊吧
我是彝家女，我不会做饭
我要你，把我名字写在——家谱上
告诉后代这平凡的一生
我曾笔直地站着从天空下
走过

那女人已失魂

姑娘，你可知
你本不该这样
半夜做一只流浪狗
姑娘，你是不是许久没有闻见阳光的味道

噢，姑娘
你从血液里爱着这个民族
你也从骨子里鄙视
该死的——指腹为婚
造就了多少孤魂野鬼
跟我走吧
我愿意在夜黑风高的夜晚，点灯
为那些孤独的灵魂

可是，我没有酒
我也不允许你沾酒
对着火塘思考这过程吧
用理性杀死那只狼
我要你抬起头走路
街上那些人都可以消失
唯独你，不能

噢，姑娘
如果你想哭
流出两行泪吧
变成江河还是湖海
无所谓
把他，还有世界，淹没

记住
你首先是——
一个独立的人
最后才是，女人

黑美人的春天

“这就是我的命”
四十五年了　不厌其烦
她从骨子里归结到

错的是命运
四十五年了　她被那个男人踩在沼泽地里
匍匐　向前向后　向左向右

他——
高大威猛　皮囊太诱人
每逢村庄婚礼　葬礼
一杯就醉
夜晚来临　开始行动
杀死家里唯一一只羊　给羊披上察尔瓦
装作毕摩的样子驱赶鬼神
到处找她发泄拳头

于是　黑夜里没有她的家
带着孩子躲在别人家
四十五年了　不厌其烦
后来啊　他爱上一个花枝招展的女人
她逢人就倾诉
“这就是我的命”

四十五年了　不厌其烦
我想骂醒这蠢女人
可是我终究是个懦弱之人
我害怕所有矛头指向我
——劝分不劝和
可是你们瞧
下一代延续了他和她

儿子十七岁　娶个媳妇过家家
二十三岁　她被追着跑向萝卜地
村里人拉不住他
……
可是后来啊
用一头牛　讲和了
这是我听过最为荒诞的故事

你听
犹太男人在晨祷中说
“感谢我主和宇宙之主上帝没有让我成为女人”
妻子们忍气吞声中低语
“感谢我主按照他的意愿创造了我”

抱歉　我没控制住内心这火焰
这不是你的命
拥有卑微的爱不是你活下去的理由
结婚生子不是你的使命
你必须像个女人一样
立在世界东方

如果哪天远方爬进你的窗
请不要拒绝
黑美人应该一直有春天

作者简介

毛阿依（1996- ），出生于四川省越西县，现为四川省西昌学院学生。

爱的短歌集（组诗）

三三两两

一生只爱一个人
然后死的时候，可以平静地告别
谢谢你今生的爱
来生我们再也不见

一生只做一件事
最好当作永恒的样子
当你问我时
我可以坦然地告知
如果你说的是我的心
我一直都过得很好
很好……

情　书

和你不在一起的时光里
你总以为我特别的忙
我有搬动这个世界的能力

于是
和你在一起的时候
无所事事的我
感到害怕
还有……羞愧

梨花信

三月
红笺上填满相思
信纸上堆满花瓣

三月
独自坐在窗台
窃听伞下秘语
不知少女心落谁家

三月
欢笑把流年度
春风把梨花染

三月
玉语点缀童趣
梨香暗窥铜镜

深　森[1]

他错了扮作糊涂
我错了扮作薄情

黑是白的反面
夜是昼的迟暮

想着弃了自己
为你一生白纱

却总是太爱人
逼得你做了朋友
再做了陌生

① 深森：又名深深的想念森然。

尘[1]

外面
冰雪纷飞
雪，在窗子上写着浪漫
室内
我用红色的围巾遮住双眸

你说，你走了
给了我一段很长很长的候期
我说，我也走了
我想买一束花带回去

什么时候雪会停
我要你给我画青鸟

我们一天天地长大

泥墙上黑色的炭迹
弯弯曲曲的线条

① 尘：这首诗写于丽江古城。赶车的那一天，其实我知道你没有先走，我只是不敢和你同行。

今天的你换了牙明天该我换
我们就这样一天天地长大

爬满青苔的窗台
柿子熟了一回又一回
村头的溪水踏了一次又一次
我们就这样一天天地长大

蓝色的风车
你忧郁的衬衣
我碎花的连衣裙
我们就这样一天天地长大

十二月的离愁

十二月的离愁
裹在微风里
不觉得伤感
却觉得孤独

十二月的离愁
是我眼中盈盈一水间的情侣
他们在眼中
你在梦里

十二月的离愁
是我开了别人一次又一次的玩笑
却依然想对着你哭

十二月的离愁
是你一次次地告诉我
回来了
却没有我爱你的依据

作者简介

周俊香（1986- ），彝名鲁克翊儿，出生于四川省金口河区，现居四川省峨边县。

拄着拐杖的老人（外1首）

近八十了吧
蹒跚的脚步停停走走
他知道这里是要排队的
眼神四处张望却望不到答案

身边经过的人却在内心自问
这么老了还排队
没有人让位吗
这里的工作人员不照顾吗

老人似乎习惯了又或许没看见别人的疑问
一点一点往前迈
手里的绿布包有些泛黄
我不知道他会取多少钱，又会做什么

炽烈的天
阳光狠狠压在他的肩头
还是这样
一点一点往前迈

注　定

雨来了
不早也不晚
清新的灵魂是它的标志
它是解开万物重生的钥匙
当然还有你的心
这座城市的呼吸声
让人们更加抱紧自己
生活总是被洗才会醒
醒了
路也就通了

作者简介

达则果果（1994-　），出生于四川省美姑县，现为四川省宜宾学院中文系学生。

引　号（外1首）

爱在嘴角上扬，掷地有声
仿佛那是巨星陨落的一刻
我躲进不朽的秘密，灰飞烟灭
你留下一个引号有意忘却另一个

我看见她，那不是头一次
我身上没有伤口，因为血液是黑色
一个引号，亲吻着她脸颊
摇晃驼峰，在沙漠里缩成——
一个红色的斑点，属于昨天

她忘记披上外套，还有胸罩
裸露着乳房，独自朝落日奔跑
没有方向或者并不需要，那太古老
突然间她停下来，四处寻找——
引号，掉落颜色

她觉得冤屈，或者干脆说
那么就心甘情愿吧，心甘情愿
引号，我心里搅起一阵刺痛
是你借来的骄傲

我用一颗草莓来祭奠

思念在头顶环绕，层层打结
在你面前，始终无法解开
陌生人纠结的嗓音里
摘下一颗草莓，如我一般
闪动的灰色眼泪

从一开始那个接近完美的词——
变得扭曲，无聊和不堪
从一开始那些你赠予我的——
活跃，生动，无牵和无挂

我往忧伤里爬行，弯弯曲曲
一生，何等的寂寞
像满城雾霾，只剩余陪伴
思念作响，夹杂着不幸
我摘下一颗草莓——
为自己，做最后的祭奠

作者简介

尼博·伊瑟（1992- ），汉名蔡英，出生于四川省宁南县，现居四川省宁南县。

坟（外3首）

这还是一座新坟
简简单单
仅用几块大石围住
上面盖上些许灌木
有心人总能看到
坟茔里炭火熄灭后的点点痕迹
仅留下的灰烬
是死去的灵魂残留的骨骸

多少年以后
灌木会被风吹日晒雨淋
不留下些许忧伤
仅剩下的几块大石也将渐渐埋没尘土
悄无声息的夜风吞噬了它们
无影无踪

一头老牛走过这片土地
一片犁铧拉出一道沟痕
亡灵栖息的土地啊
从此养育了别人家的子孙

愿做一男子

如果
我是一男子
真想好好地
待那世间痴诚的女子
不问前世
亦不问来生

只是
凡尘漫漫芳草
我　又能否
无所留恋
人在天涯
亦情归她的梦乡

风

一阵狂风刮来
天空　下起了叶子
妈妈念叨着
女儿似这叶子
飘离了树根
散落在遥远的天涯

一缕轻风飘过
思念的味道很浓　很浓
风儿悄悄告诉我
妈妈像树根
为我焦虑得
只剩下憔悴

我想　待到盛夏
我会举着火把归来
愿生命中的这棵大树
仍旧　葱葱郁郁
我们将紧紧相拥
挤出了眼泪

山　行

趁一场亲事
翻越一座高山
那些儿时走过的路，松枝间
鸦啼声声

迷乱的山风拂过松岗
掀起新娘的白色褶裙
你浮动的发丝隐藏了紫红色的夕阳
远方，再没有更高的山峰
再没有更低的太阳

山鸟就栖息在此地
看过往风景
以及来去的温情

第四辑　傍晚的歌谣

作者简介

白菊秋女（1965-　），原名商小燕，彝名杰罗·拉则，出生于四川省雷波县，现居四川省西昌市。

母语的呼唤（外1首）

我去过北方
那里的人们说着世界各国的语言
我不一定什么都听得懂
但在他们脸上我看到了微笑
我知道那是友善

我去过南方
那里的人们说着天南地北的方言
我不一定什么都听得懂
但在他们脸上我看到了微笑
我知道那是友爱

生长在大凉山的我
说着从小就在说的汉语
却总是感觉说得不好
说得不透

让我心神不定

无语默默

有一天

我来到了凉山奴隶社会博物馆

迁徙路上的一老一小

让我的泪水模糊了双眼

一声“阿嫫妮惹”——妈妈的女儿

从此

我的灵魂不再游荡

北方的冬

北方的冬很长

怀揣梦想的人凌霜而来

北方的冬很暖

雪化了

梦也就醒了

作者简介

俄木阿莎（1978- ），出生于四川省西昌市，现居河南省许昌市。

夜色中的心语（外1首）

一阵微风
吹开了窗帘
仰望苍穹
心随云儿朵朵翩然起舞
亦任思绪在如水的夜里蔓延
犹如眼前的小河
不知疲惫地流淌

翻开昨夜的篇章
重温红尘深处浸透泣血的爱恋
犹如前世的桃花羽化成今世带泪的蝴蝶
那些水墨缠绵的委婉
在宿命的棋局里欲随风飘散
花瓣上的黎明
就像灰色的黄昏

如风的往事已如画
路过的风景
借岁月浮尘释放瞬间的过眼烟云
漫开一堤渡寂的郁金香

当字符像灵魂一样孤零
指上的光阴布满了爱与哀愁
却
禁不住流年太多曾经的追索
如若人生只是繁华与落寂
我愿记忆温暖绵长
守望来路
捻一抹心香
盈一份洒脱
把所有凝眸的情愫
压抑的痛楚
在指尖的文字中肆意放逐

回　家

一张窄窄的车票
承载多少期盼
一声声嘱托
道不尽缕缕乡愁
汽笛声声

是回家的欣喜
车声隆隆
是归乡的心音

穿行于异乡城市的灯火阑珊
仿佛听到
远山传来呼唤游子归航的声音
岁月的斑驳在思绪中延伸
多少旧梦在记忆的枝头摇曳
心中又堆积着多少关于“家”的美好情愫

低眉细数聚散的过往
多想
穿越枷锁的天空
燃一盏心灯
照亮回家的路
仿佛看到阿妈站在家门口眺望
嗅到阿爸酿造的米酒的清香
那飘舞的风霜
已染白阿妈的秀发
流年岁月的风霜
在阿爸的额头刻下细密的皱纹

作者简介

阿硕诗若（1978-　），汉名李思妤，笔名叶小鱼、蓝朵儿，出生于云南省建水县，现居云南省建水县。

我在一棵桃花树下等你（外2首）

花艳，柳绿，草青
亮闪闪的光，从蓝天洒下
粼粼的河水，流淌着时间的过往
一只鸟儿轻轻掠过水面，荡起涟漪

我站在一棵桃花树下等你
风，掠过山冈
太阳已回家
月亮躲在云朵身后和星星说着情话
我朝你来的方向翘首张望
只见漆黑一片

你是不是贪看路边的野玫瑰
还是在听那只画眉鸟的歌唱
或者去山里采摘那朵浓艳的茶花
而忘了时间，而入了迷，而迷了路

我，独自揣测
风，静了；大地，睡了
星星和月亮，进入了梦乡

假如我是一棵桃花

当东风吹过田野，吹过山冈
当小草摇曳身姿，杨柳飘逸
我开始吐露藏了一冬的花蕊
用绯红的心事装扮春天

假如我是一棵桃花
我将肆无忌惮地绽放
绽放出诗意的烂漫
用多情的目光　拽住
匆匆而过的脚步

假如我是一棵桃花
我将和梨花、杏花、山茶花
于早春醒来的红土地
在随意中营造一份温暖

暮阳山上的守望

我比春意盎然的桃花
更早抵达暮阳山
我看见飘零的落叶
打开了深秋的情怀

走过铺满落叶的小径
我试图寻找
曾经的美丽
却被忧郁划伤

端坐在
一块沉默的石头上
阳光跳过树梢
送来青草和泥土的气息

我思绪万千，却不敢开口
只有坐成枯树，固执地守望
一棵树的守望，一片云的梦幻
在暮阳山顶，忧伤成行

作者简介

吉布呷呷（1971-　），出生于四川省喜德县，现居四川省喜德县。

黑　夜（外3首）

我把一生的故事
都说给了黑夜
而黑夜的缄默
使我泪如泉涌
于是我逐渐明白
生命里无悔的主题
只是一种固执与倔强
在坠落或者攀升
无望地等待
显得如此的幼稚
有些人或者有些事
根本就不值得去等
当我无数次地耗尽
耗尽所有星光和明月
才终于明白
人生只不过是一场梦

在这短暂的梦里
我们拥有的
只是一个躯壳和皮囊
而最终会消失得
无影无踪

我　想

我想
无拘无束地走在陌生的人群中
自言自语无人听懂的语言
我想
脱去所有束缚的东西
轻轻爽爽地过自己的生活
我想
用自己最喜欢的东西表达一切
把埋藏在内心的杂念全部清出来
让所有想了解我的人知道
这些东西不值得去了解
因为它不属于任何人
我想
变成美丽的天使
飞向人间的每个角落
把美丽的东西送给美丽的人们
让他们知道善良的都是美丽的

美丽的不一定是善良的
我想
一直想到想不动的那天

彝　文

彝文是我的母亲
千百年来哺育了我
彝文是我的父亲
在黑暗中指引着我
彝文是我的姐姐
随时呵护着我
彝文是我的哥哥
跌倒时牵着我的小手
彝文是我的外公
偶尔给我讲古老的族群历史
彝文是我的外婆
闲时教唱族群的歌谣
彝文是爷爷的爷爷
传诵着一代又一代的族群家谱
彝文是奶奶的奶奶
传唱着甘嫫阿妞的长诗
彝文是我人生中的符号
十字路口中指明方向
彝文是我过去的历史

记载着一点一滴

彝文是我现在的粮食

给予了我无法替代的营养

彝文是我未来的救星

没有了彝文

我无法行走

没有了彝文

我迷失了方向

彝文是我生命的全部

它给予了我一切

我没有爱情

听说爱情是神圣的东西

可我没遇到过

也许曾经与我擦肩而过

或许从未来过

我没有爱情

奶奶说

爱情在故事里出现过

她对爱情支支吾吾

爷爷说

爱情在打猎时走过

他对爱情荆棘密布

母亲说

爱情是可遇不可求

在纺线时穿越过

她对爱情很迷茫

哥哥说

爱情是赛马时奔跑过

他对爱情如饥似渴

姐姐说

爱情是放牧时吆喝过

她对爱情朦朦胧胧

我说

爱情是浦嫫妮依的后续

我没有爱情

作者简介

阿加阿依（1989- ），出生于四川省越西县，现为同济大学法学院在读研究生。

雨所杀死的（外3首）

雨敲打着下雨的节奏
雷声惊醒昏睡的肉
泥土、腐尸、松叶、烟雾
被雨撕散在空中
飘来荡去，刺激着鼻毛
树绿成山，就站在窗外
赤裸裸的雨也下成绿色
在山坟中放肆
在我眼前灵异

有颗雨滴，青松一般生在雨里
总结一下，一叶叶雨滴
垂落于松下的野花野草
淹死一只小小的虫
淹残一只稍大的虫

有的雨滴早已包裹着死尸
砸死了好多要被砸死的生灵

不是每个生物都能承受
承受一滴雨、一阵雨
雨一直下
理所当然地下着

夜

夜是黑了
用睫毛缝合
用被角掩饰

夜黑着
黑得货真价实
黑出黑眼圈

夜是黑的
灯光穿不透
雨滴淋不散

夜拂过我
拥着它
静静睡去

夜就黑吧
欲望的灵魂
会迷路

请　客

好多时候，多想请你呀
请你到那高山顶
亲爱的，只要你愿意
我还像从前一样
带上洋芋和荞麦馍
希望你还能记得
属于我们最弥香的味道
哪怕你选择的是沉默
也请你睁眼看看那山那河
多少喜怒哀乐都已被承载
再多的愁思也终将流逝
可是，亲爱的，你知道吗
即使如此
我却只在意着你此刻的悲喜
我只是，只是希望
希望你吼出坚守的失落
希望你喊出滋养的爱恋

紫色的女人

一个女人在慢慢走向我
穿着淡淡
捧着紫色花儿
是谁为她采的热烈
是谁留给她深沉
又是谁带她来临
她靠近又靠近
轻抚紫色花儿
是否要把那紫色抛给我
看向她的眼竟被紫色浸染
开启了一个女人紫色的眼
天真在流逝，能依然无邪吗
童真的神采埋没在这次相遇

作者简介

潘英（1981-　），出生于四川省越西县，现居四川省成都市。

花的骨骼（外4首）

我未曾想起
于何时
细嫩的骨头
在你的躯体里
发芽
随着时日的流淌
汹涌生长
势不可挡
你却
依旧沉默
静得连骨头疯长的声音
也如此清晰
撕心裂肺
于是
你习惯把静默写在脸上
等候刻于心底

庆幸

那场突如其来的夜雨

让你

用坚韧的骨骼

托起那卑微而

美丽的头颅

于清晨第一缕阳光下

绽放一夏的芬芳

大理·扎染

原色

于记忆的布匹上

以褪色的方式

隐遁

疙瘩

被熟练扎起

以重塑

一个族群全新的

花纹

人们

自我解读着

游离于

沉睡的历史
与奔跑的现实之间

用色彩
浸染
表述不清的过去
纵情欢笑的现在
以及来不及想象的未来
将一切
看得见的与看不见的
雕刻在布匹上
那一片片流动的图案里

夏

太阳
早晨升起
夜晚隐没
也无济于事
这个夏天的时间
注定　静止
白昼如夜晚
夜晚如白昼
黏稠
像一块咀嚼过的口香糖

赖在
婴儿的呼吸中
女人起伏的胸口上
夏虫的鸣叫里

路边
网络上
电视里
每一寸有人的地方
都在谈论
这个炎热
倒霉的夏天
连语言
也变得烘干　无力得
跌落在烈日暴晒下的
路面
皱皱巴巴
沉闷　乏味

渴望着的
雨
昨天来了
却下得矫揉造作
嗓子的干哑
蔓延到枯树的枝丫

时间无始无终

时间机器

人类
被诞生
被疯长
被死亡

文明
被塑造
被碾压
被重构

历史
被记录
被遗忘
被重写

夜以继日
周而复始
一切
在冰冷、坚硬、冷漠的
时间机器之内
外化成有形之物
或内化为无形之体

唯有敬畏
仅此而已

形

有形
在光影间
虚度半生

无形
奈何
不可言说

若要
寻求意义

意义
却浮于半空
咧嘴
目空一切

所谓
大象无形，大音希声
如尘埃
随风飘散

意义本有意义
亦无意义

作者简介

宾尔呷（1989- ），彝名吉好安依，出生于四川省西昌市，现居四川省西昌市。

自　由（外3首）

我闯南走北又翻山越岭
时常脚底生风又慢条斯理
内心骚动而仓促……
追逐着寻找自由
就在阳关普照的午后
汪……汪……
那撕裂声不断
只见被囚禁在笼子里的藏獒
痛不欲生
挣扎着……
我是自由的

长 河

水到渠成了
海却干涸了
义无反顾了
路却迷失了
爱它哭了……

问何所惧
生来彷徨
世俗颠沛
不惧死，就怕疼
历史还有长河
只怕爱也是一场灾害
真笑了，万物苏醒了

远 人

过去的人，是否把我的思恋给你捎去
还是他们遗忘或者从未提及过
好吧，我也不奢望
今夜雨夜
我要去请一化妆师
再请一毕摩

我要去远方见你

见你是否安好

但愿你还是从前的模样

……

天亮了

没有理想又何必远方

一只两只……虫儿们慢点飞

只见星星之光

怎能一根筋

别撞破了小脑袋

没有理想你又何必远方

我怜悯你

一种两种……虫儿们慢点飞

只见一束之光

怎能一股劲

别撞惨了小躯体

没有理想你又何必远方

我心疼你

作者简介

阿于阿英（1989- ），出生于四川省喜德县，现居四川省西昌市。

冬夜里的瓦子觉（外2首）

每当瓦列峨坡落雪的时候
山脚下的瓦子觉便会下起雨
今夜，瓦子觉又下起了冬雨
父亲早早地睡下了
火塘边留下我和母亲
我和母亲
说着门口的狗儿
讲着旁边的猫儿
聊着村里的嫁娶
谈着庄稼的收获

母亲说，这场冬雨过后
圆根萝卜也该拔了
我说，开心吧
苞谷都收好了，不会被雨淋了

母亲说，开心啥哟
苞谷芯多半要被淋坏了

是啊
在母亲的眼里
玉米是玉米
玉米芯是玉米芯
都有
它应有的尊严
它应得的牵挂

月光下的瓦子觉

瓦子觉的月亮
是个羞答答的姑娘
她披着薄薄的云层
在爱她的星空里
娇气地随手一挥
那幸福的颜色
亮晶晶地洒向大地
大地立即变成了一片纯洁的银白
竟没有一点夜幕下的恐慌

几颗星星，眨巴着眼睛
围绕在月亮的周围

似乎迫不及待想把新穿的衣服与这大地分享
整个大地，共享天伦之乐

月光下的村庄
有一根电线杆
有一座荞麦砌成的草堆
有一棵挺拔的松树
有一排竹子编成的篱笆
还有三条通向不同人家的水泥路
偶尔有几个孩子唱歌经过
随即响起几声狗吠
整个村庄，热闹非凡

有一位姑娘
静静地依靠在石墙边
在这月光沐浴下的静谧
似乎也能听到
她那幸福的因子
从左心房跑进右心房
再从右心房跑回左心房
留下一串咯咯的笑声

这时，天上的姑娘
与地上的姑娘
合二为一

月亮与姑娘

如果　所有的姑娘
在回家的夜里
都有月亮相陪
是不是
就不再行色匆匆

作者简介

罗诗呷（1995-　），出生于四川省冕宁县，现为中央民族大学学生。

冬夜的火塘（外2首）

我想念那个冬夜
老屋的火塘边上
我依偎在阿玛怀里
阿玛口含烟斗，默然不语
只是轻轻地抚摸着我稀稀拉拉的头发
眼里满是温情
火苗蹿起
火光映红了她的脸庞
我稚嫩的双眼
被那条沟壑最深的皱纹深深吸引
远处有溪水叮咚，犬吠声声
嗅着烟草味
我沉睡了一个冬夜

傍晚的歌谣

我想念那个傍晚
老屋的门前
阿普编织的彝家竹席上
我尽情地翻滚
阿玛捆扎着我的火把
嘴里哼吟着火把节的歌谣
我调皮地重复着阿玛的吟诵
我骄傲地炫耀
已然学会的火把歌谣
阿玛抬起头望向我
眼里满含微笑
我记得
阿玛的脸庞
有夕阳映照

夏夜的火把

我想念那个夏夜
农历六月二十四的夏夜
我托举着阿玛捆扎的火把
哼吟着火把的歌谣
且歌且行

漫山遍野的火光
将乡村的夜
渲染成金色的白昼
手中的火把燃烧殆尽
我惶恐地哭闹
我记得火光中
阿玛说火把永不熄灭

破晓的火种
我想念的日子
虽已随风而逝
我心中的火把
阿玛种下的火把
却从未阵亡
愈长大
愈能感受到
这薪火相传的火焰
她那跳动的脉搏
火把之光
如阿玛所言
定会亘古不灭

作者简介

穆依色（1993-　），出生于四川省金阳县，现暂居四川省普格县。

归　期（外3首）

这次我希望有归期
回到有母亲的地方
回到一座城　一个家
回到有人等待和期盼的地方

我不要远行　只要回归
我将期待每一个站台
细数每一个地方
离我的故乡越来越近

我颤抖着想象我的归期
没有了义无反顾的勇气
因为远方没有母亲
没有浓浓炊烟与火塘
没有温暖　甚至没有我
有的尽是冰冷与喧嚣

放 逐

空荡的街巷兀自难辨深浅。

——题记

月亮睡在窗边
暮色瘫软着散落一地
世事如棉藏针无可窥探
棱角在岁月的颠簸中残落
黑夜比我更早入睡
不谙世事的愁绪比黑夜更黑
那是从夜空中坠落的黄昏
昼夜不分　黑白不明
描摹村庄里麦田
金灿的麦穗
奔跑着的安宁
枯败的野草
早已抵达玛薇盛开的山岗
奔流的河　静默的山
远行的路　回归的人
不知是梦里还是梦外
双手没有接住悲痛的泪水
就像躯体没有裹住逃亡的魂
苦痛或是快乐半字不提
幸福生不带来　死不带去

你我都是被流放的人
早已自我放逐

远　行

一列列车把我们带向远方，却不曾把我们带回故里，我们注定孤独一生。

——题记

像深夜里开往远方的列车
我们在旅途上缓缓行驶
无分昼夜　无关四季
从山岗上到钢筋水泥里
从火塘边到灯红酒绿中
我们褪下一层层的皮囊
卸下故乡带来的行囊
我们丢弃灵魂
抛下真容
轨道上滚动的车轮
背着沉重的躯壳叫嚣着前行
嘶哑的声音划破宁静的黑夜
装载着一首唱不完的乡谣远行
在黑夜里吞没着背井离乡的人
上车　下车　归去　归来
我们在异乡寻找故乡

故乡不知何处招落泪
惹得沉睡的灵魂跳跃
紧闭的双唇试图寻乡音
我们精神褴褛
用一组词　一首歌
或一杯酒慰藉自己
想唤醒灵魂的人
终究徒劳无益
除了把自己丢得更遥远
我们行走着　丢失着
最远的距离是故乡的方向
我们寻找着　失落着
最动人的歌谣是唇间的母语

颤巍巍的暮年

——致普格养老院的老人们

耳朵不是耳朵
手脚不是手脚
那只是修饰边幅的
那是可以看见的轮廓

我不曾看见他们跳跃着的童年
但我目睹了他们颤巍巍的暮年

今晨的空气凝固
家是被冰封的词汇

我无法触及他们的童年
我无力慰藉他们的暮年
就像
我无法揣测他们的欢乐和忧伤

火
是公正的使者
是温暖也是结束
火的葬礼——
是我的　是你的
也是他们的
这是我们同等的葬礼

作者简介

陈秀英（1992-　），彝名吉克阿嘉莫，出生于四川省九龙县，现居四川省成都市。

古老的村庄

杜鹃花羞红了脸
树枝上的布谷鸟
忘情地歌唱
仿佛有无穷的能量
来唱尽千秋

放羊姑娘
深邃的眼眸
乌黑发亮的辫子
萦绕在山谷的口弦
唤起她对阿哥的思念

在田野里，在小河边
一群不畏酷暑的孩子
赤裸着身体
在黄泥里欢蹦乱跳

不在乎
他们那和泥鳅一样的肤色
在那无忧无虑的笑声中
我看见了我遥远的童年

男人黝黑的脸庞
矫健的身姿
在阳光的照射下
一颗颗晶莹的汗珠
滴在锄头上
流入泥土里

挑扁担的妇人
永远绽放的笑容
伴着嘎吱作响的水桶
回荡在屋檐下
淡淡的清香透过瓦片
烟雾笼罩下的村庄
是另一个天堂

泥墙的另一头
嗒嗒的马蹄声
越来越近

一日的疲惫渐渐消散
黄昏已近尾声

寂静的山峰下
村庄安详地入眠了

天亮以后
它又将以不同的口吻
讲述来自远古的故事

第五辑　五月的山乡

作者简介

阿杜沙莫（1942- ），汉名杜翔燕，出生于四川省美姑县，现居四川省西昌市。

永恒的火把

永恒的火焰
燃烧在彝人的世界
不灭的火把
烧红了虎城上空的月亮
太阳是红的
大街小巷是红的

燃烧激情的火焰
扩展出属于火的广场
装满了月光的温情
洒满了彝家的激情
一千年一万年
都这样燃放着
不屈不挠的精神

耸立永恒的火把
就没有忧伤
也不会有痛苦

作者简介

雄书阿雪（1967-　），又名安志莲，曾用笔名阿雪、落雪、千秋雪，出生于贵州省织金县，现居贵州省贵阳市。

雨　季

雨季　童年
撑一把小花伞
光着脚丫
走进雨中
去踩地上的雨水

雨水在地面
汇成一道道涓流
在脚下汩汩地流
往日悉心折叠的
一只只白纸船
搁置溪流中
童年也随纸船飘逝了

作者简介

殷德荣（1969- ），出生于四川省冕宁县，现居四川省喜德县。

四　季

初见你时你给我你的心
绽放着一个灿烂的花季
青山秀峨，绿水相伴
美丽的幻梦陶醉了我

又见你时你给我你的唇
叠印着一串燃烧的火夏
潮水澎湃，阳光明媚
炽热的烈焰熔化了我

再见你时你给我你的话
述说着一个遗弃的深秋
寒风萧瑟，落叶成冢
彻骨的秋风窒息了我

最后见你时你给我你的手
挥舞着一个凛冽的寒冬
白雪纷纷，铺天盖地
肆虐的狂风吹落了我的心

作者简介

张晓娟（1969- ），出生于云南省昌宁县，现居云南省昌宁县。

小草吟

我是一株小草
默默地长在山野深处
秋毁霜残之后
我的生命依然鲜活在地下
春风来时
我将再次出土
重新拥抱四季

作者简介

本子么沙各（1976-　），出生于四川省布拖县，现居四川省布拖县。

女人和独树

黑夜吞噬了一切
苍茫的愁云海
弥漫于整个夜空
仿佛压低了无边的天际
空气里窜流着
凌乱的思绪
一棵独树下
呆呆地站着
一个孤独的女人
不是诱惑于美丽
不是留恋于传说
一个树一样的女人
一棵人一样的树
精神上相依为命着
独树千年耸立在路边

人世间来回的女人依树而立

寂寞紧紧地包裹住全身

成为一抹凄美的风景

等待春风轻吻

布满风霜的脸

作者简介

非燕（1978-　），出生于云南省牟定县，现居云南省牟定县。

吹叶子

随手轻轻一摘
惊醒一个鲜活的梦
随口轻轻一吹
勾起最古老的相思
无限的心事
就在悠扬中水波荡漾

欢快时
是枝头婉转的鸟鸣
山间喧嚣的溪流
忧伤时
是满山的云遮雾绕
林间的细雨如丝

笑颜如山花欣然绽放
泪水如落叶黯然凋零

多少的欢笑和寂寞

都被这片青绿的叶子

细细倾诉

沉淀为大山深处的回忆

作者简介

安志琪（1975-　），彝名甲巴芝芝，出生于四川省德昌县，现居四川省德昌县。

陶　罐

蕴藏多少烦恼　就有多少忧愁缠绕
血液在为你奔腾踊跃
浪涛再猛也奈何不了对你的情思
巨岩在呐喊　未了心愿

苍天的愤怒　刮走原有的色彩
所有的形式　留有余温在感受
哪怕寒风再狂　梦境依旧在深处挣扎

我的迷惑　什么样的体态
灌满了不隐之情
何等女子　不顾羞涩的艺体
搂住了你
能否体会到怜香惜玉的爱吗
乌云在头顶不断地呵斥　发怒
残酷的钢刀　也无法磨平一场真情的怒放

或许太多的感想被你珍藏
也许过多的隐情被你收走
一个裸身女子　以犹豫的表情将你紧抱
或许是前世留下的债　今世对你的偿还

作者简介

吉狄康芸（1980-），出生于四川省会理县，现居四川省会理县。

剧中的奴才

我看见了
剧中的那个奴才
我在想　他怎么没有思想

他就像一个木偶人
只是围着主人　转啊转
看上去那样心贴着心
转身看别人　却是冷漠无情
似乎忘记了
自己也是一个人
应该有思想
有血有肉有心

我多么讨厌他
阿谀奉承的嘴脸

我又多么可怜他
被扭曲的人性

我以为
他就这样　一直忘记了
忘记了
自己是人的本能

剧情的发展
却出乎意料
在主人渐渐衰落的时候
却是他　最先背叛了

我终于　幡然醒悟
原来
不是他没有了思想
最初也不是真的忠诚
而是
压抑被扭曲的人性
只记住了自己
受统治煎熬的躯壳
却泯灭了
人性的一切

作者简介

白成丽（1983-　），笔名纤尘，又名尘埃小小，出生于云南省弥渡县，现居云南省弥渡县。

五月的山乡

还来不及预想
五月的扉页就打开了
于是，雄性的牛歌响起来
忙碌的身影多起来
太阳火般辣起来

嚓嚓挥舞的镰刀
节奏鲜明的锄地声
此起彼伏的身影
一首首生机与力度的诗章
让土地感动得落泪

收割与播种的交替
失望与希望的交接
甚至还来不及喘气
就落到了日子后头

随风起舞的　不只锄头

还有梦想

随汗水播下的　不只种子

还有希望

疲惫的乡亲的目光穿过五月

将金秋望穿……

作者简介

谢明芝（1987-　），出生于四川省冕宁县，现为西南民族大学刑法学硕士生。

雨雾深处的人

重重叠叠的山啊，云雾缭绕
那雨中若隐若现的一排排瓦板屋
你是人间的仙境还是天国的街市
那云雾深处劳作的人啊
你是卷起袖子追太阳的支格阿鲁
还是挽起裤脚辟天地的斯惹丁尼
哦，我明白了
你是栖居山林的民族
勤劳淳朴的彝人
那田间任劳任怨的黄牛
是你播下季节的希望
那田边牙牙学语的婴儿
是你洒向明天的期许
那山间潺潺的溪水啊
你是千年以前甘嫫阿妞

留下的一滴眼泪

那山前宽敞的平地啊

你是远古时代支格阿鲁

留下的一串蹄印

那飞驰而过的汽车啊

你能载我走出大山的怀抱

却带不走我对大山的依恋

那绵延不断的高压线啊

你能带着我的思念飘向远方

却带不走慈母手中长长的线

作者简介

李慧（1981-　），彝名罗薇诗娜，出生于云南省大姚县，现居云南省大姚县。

月光与百草岭

百草岭在海拔3,657米处站立着
月光悄悄靠近
如水的月光照亮百草岭的心河
定格为拥抱
翻山越岭追赶而来的风
打破了沉默
像一个调皮的孩子
一定要比过百草岭
这时月光正倾泻在帽台山顶
我们无法清楚地计算出月光与百草岭是第几次相遇

百草岭依然在月光里安静地挺立着
没有甜言蜜语
只有那一树树的漫山杜鹃

又是365天后最温馨的时刻

月光爱了百草岭一辈子

百草岭却把身心交给了杜鹃

作者简介

妮米阿露（1985- ），汉名吉海珍，出生于云南省漾濞县，现居云南省漾濞县。

麦子

你是有性别的
绿色是你的小家碧玉
也有金灿灿的帝王之姿

你是大地养活的微不足道
却养活了大地之上的众生

作为母亲的嫁妆
称职地让家族血脉相连
你用密织的金黄
掩盖大地鲜红的伤口
之后在村庄连片生长

用一捆麦秆
喂养牲口

老鼠匆忙搬运着

乘着夜色逃进洞深处

我走进麦田之前毫无预谋

麦子成了我的名字

作者简介

阿洛秀英（1990-　），出生于四川省马边县，现居四川省西昌市。

我曾想过很多

喜欢写点东西
喜欢一笔一画地亲手写下来
证明我曾想过很多

昨天　今天　明天
已经发生的　还未发生的
让我曾铭记于心的点点滴滴
我选择将它们停留于此

青春　一去不回
我只能将它的脚印刻印在某个地方
待到哪一日　想重温青春的旧梦
再翻开青春的记事本
寻找已经封藏的故事
那些琐碎的文字　足以证明我曾想过很多

作者简介

罗家兰（1994- ），笔名阿鲁果果，出生于云南省宁蒗县，现居云南省宁蒗县。

恒部落的后裔

你的衣袖爬满了羊角纹
还有星辰和窗格
融化了
世代吟唱的史诗
我们喜欢
亲吻平原的野火
连同
母亲的脐带
以及火葬场的石头

隔远点
我们可以看见
陆地和海洋
植被和人类
我们的命运
被紧紧连在一起

因为
站在土地上
我们都是
恒部落的后裔

作者简介

尔牛（1992- ），出生于四川省德昌县，现居四川省德昌县。

口　弦

阿妈的颈子
挂着口弦
刚好两片

一片弹奏
悲伤
一片弹奏
喜悦

作者简介

吉史巫芝（1996- ），出生于四川省盐源县，现为四川省西昌学院学生。

大雪纷飞的日子

这场雪以后
牧羊人身上的黑色披毡
成为南高原上流动的黑色羊群

一碗碗荞麦酒
让我们想起谁的双眼
下雪的日子
总有羞答答的阿惹出嫁
送亲的脚印
踩出通往来年春天的土路

白色的雪
潜伏着　钻过车窗的缝隙
变成一张巨大的白色纱布
轻轻覆盖着我隐没的爱情

无声无息　我并没有抗拒
接受着雪的孵化
从此在冬天的天地里盲目行走

作者简介

严明罗西（1996- ），笔名边城女儿，出生于四川省马边县，现为湖北省江汉大学学生。

乡 愁

曾经故乡是一片土地
你踩它，踏它，它养活你
如今故乡是远方
你想它，念它，它在心尖上

乡愁在灵魂最深处舞动
午夜深处
灵魂渴望一份归属

乡愁如生命
人生书里，散不尽的
落寞与忧伤

写不完的家书
执笔写自己
读哭了的

以前故乡用心儿包裹着我
现在我用心儿包裹着它

乡愁是褪色的
风里的马嘶和鸡鸣
成为故乡最清弱
最喧闹的声音

乡愁是一声重重的叹息
是系在胸口处最近的纽扣
解开它全都是柔软的

鸟儿筑在树上的巢
那一年飘落在身上的雪花
舌尖上的母亲
不会忘掉生命的根——
吸引人——灵魂的热土

作者简介

曲模医生（1997-　），笔名索玛伊人，出生于四川省马边县，现居四川省马边县。

敬你一杯酒

夜，沉长
缠绕一颗奄息的心
请给一个杯子
我用它斟满酒
对着月亮，举杯吆唱
敬一敬这二十一年的过往

再一杯，敬我自己
尽管懵懂无知的我
没有赶上全人类前进的节拍
但我绝不会停歇、屈服

一杯又一杯
敬给今夜的思想者
——凡俗事不能将我灭亡的

凡挫折只会让我重生信念
在今夜酒的醇香里，坚信
——远方必属于我

作者简介

肖新春（2001- ），出生于四川省布拖县，现居四川省布拖县。

涌 潮

当海水漫过沙滩
当贝壳冲击石礁
当古老的童话开始……
潮水远出海门
像一条银白色的线
冲击江中堤坝
翻起万仞高的巨浪
声声雷鸣
闪电划过
如同雄狮般怒吼
如同玉城雪岭般际天而来

后　记

阿索拉毅

我有一个梦想，那就是把已有的当代彝族文学成果完整地呈现给世人。

从2011年起，我停下个人创作，专注于此，埋头收集、梳理与编纂。在吉狄马加先生的倾力指导下，在云、贵、川、桂各地彝族作家的大力支持下，已经编辑出版《中国彝族当代诗歌大系》（一、二、三、四卷），《中国当代百名彝族女诗人诗选》（上、下卷），《中国彝族当代母语诗歌大系》（上、下卷），以及即将付梓的《当代彝族女性小说选》《当代彝族女性散文选》《当代彝族女性诗歌选》三部选集。另有两部文学大系在规划之中。经过七年的不懈努力，我越来越接近梦想的灯塔。

这三部当代彝族女性文学选集，首次将彝族女作家群创作的小说、散文、诗歌整体性推出，在彝族文学史乃至当代少数民族文学史上具有开拓性，也具有文学文献档案等多重功能与意义。这些作品，显示出了彝族女作家们旺盛的文学创作力。在她们契合各个社会历史时期的发展变化而创作出的文本中，彝族女作家们把握住了“人”在各个不同时期微妙的心理变化与行为差异，体现了非常难得的文学自觉与素养；同时，彝族女作家们打破了以往少数民族作家颂歌体式的单一空洞的创作模式，拓展了创作维度与空间，甚至涉猎科幻领域，以开放性思维，引领着写作潮流，彰显了个性解放，对彝族传统文化的批判都有不同程度的碰触。

在彝族历史上，彝族女性文学有悠久的创作史。彝族文学界公认的最早彝族女作家是1700多年前，被彝人尊称为“圣女”的阿买妮，她集诗歌、诗歌理论著作等身。此后，有清末被称为“奇女”“才女”的彝族女诗人安履贞（1824—1880），她著有一本汉语古诗集《园灵阁遗草》。当代彝族女作家中，最早进行文学创作的则是从云南石林走向革命圣地延安的第一位彝族女作家李纳，她的汉语散文在华语文学中独树一帜。之后，有最早用规范彝文开始创作母语文学的女作家阿蕾，她以彝汉双语文学并进，为传承彝族母语文学做出了不朽的贡献。另还有一张长长的名单，比如巴莫曲布嫫、冯良、黄玲、禄琴、杨格、段海珍、张菊兰、阿微木依萝、鲁娟……从20世纪20年代到90年代出生的，各个年龄段的彝族女作家都为彝族文学的繁荣与发展做出了贡献。

这三部文学选集中，入编的彝族女作家共一百多位，有些作家的小说、散文、诗歌都有被选入。但是，受多种因素影响，书中没有编录所有彝族女性作家的作品。在此，希望能得到未编入者的谅解，也希望以后有更多作家主动联系并推荐更多更好的作品。

特别需要说明的是，本次出版的当代彝族女性文学选集没有把彝族女作家的母语文学作品加进来，只能留待以后完成。

值此当代彝族女性文学选集出版之际，我谨以个人名义，向入编的一百多位彝族女作家致以崇高的敬意！

你们是千里彝山最美的索玛花，作为彝人，我们将以你们为荣！

2018年5月20日于峨边县大渡河畔